我抹掉过去，只为了让爱重来

了不起的盖茨比

◉[美] F.S. 菲兹杰拉德　著　◉陶红亮　编译

中国出版集团　现代出版社

图书在版编目（CIP）数据

我抹掉过去，只为了让爱重来 / （美）F.S. 菲兹杰拉德著 ; 陶红亮编译 . -- 北京 : 现代出版社，（2024.4 重印）
ISBN 978-7-5143-8385-0

Ⅰ. ①我… Ⅱ. ①F… ②陶… Ⅲ. ①长篇小说－美国－现代 Ⅳ. ①I712.45

中国版本图书馆 CIP 数据核字（2020）第 031557 号

我抹掉过去，只为了让爱重来

作　　者	（美）F.S. 菲兹杰拉德　著；陶红亮　编译
责任编辑	刘全银
特约编辑	权亚飞
制　　版	冰河文化・秦　颖
出版发行	现代出版社
地　　址	北京市安定门外安华里 504 号
邮政编码	100011
电　　话	010-64267325　64245264（传真）
网　　址	www.1980xd.com
电子邮件	xiandai@vip.sina.com
印　　刷	三河市富华印刷包装有限公司
开　　本	880mm×1230mm　1/32
印　　张	8
字　　数	172 千字
版　　次	2020 年 9 月第 1 版　2024 年 4 月第 2 次印刷
书　　号	ISBN 978-7-5143-8385-0
定　　价	49.80 元

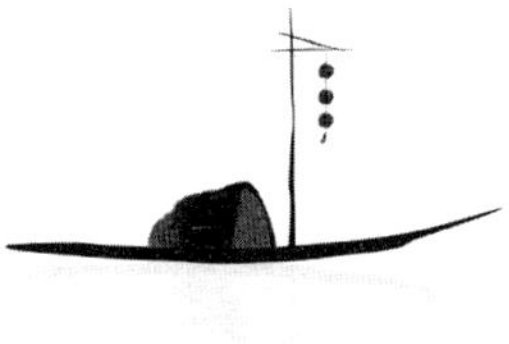

前言

弗朗西斯·斯科特·基·菲茨杰拉德是美国的著名作家，他的一生颇为短暂，去世的时候只有四十四岁。即便是这样，他依然为美国文学界留下了一篇篇传世巨作，他是“爵士时代”的开拓者，被誉为二十世纪“爵士时代”的发言人和“迷惘一代”的代表作家。

二十世纪的美国，经历了第一次世界大战的洗礼，但是它并没有因为战争受到多少损失，反而大发了一笔战争财。在停战之后，各国都在百废待兴，而美国却迎来了历史上一个短暂的空前繁荣的时代，美国也抓住机会一跃成为世界第一强国，一直保持到今天。而在二十世纪二十年代到三十年代这个时间段，是一代美国人沉迷物欲，纵情享乐的时代，人人都有一个“美国梦”，想一跃成为上层人士，因此哪怕是最底层的小人物也过着纸醉金迷的生活。菲茨杰拉德虽然在写那个时代的人，但作为生活在那个时代下的一分子，他不是一个旁观的文学作家，他恣意地参与了“爵士时代”的享乐过程，把最真实的一面完完全全地融进了自己的作品之中。本书于一九二五年在纽约出版，在社会上反响很大，人们对作者的才华由衷惊叹。著名诗人、剧作家、文学批评家 T.S. 艾略特当即称本书是“美国小说自亨利·詹姆斯以来迈出的第一步”。

菲茨杰拉德的生活经历为他的写作打下了良好的基础，本书是他结合自己生活中所经历的，对那个时代最真实的反映。还有《夜色的温柔》《一个大如里茨饭店的钻石》以及早期的成名作《人间天堂》等，都写出了大萧条时代下虚幻的“美国梦”的破灭。而本书才真正奠定了他在文学界的根基。

本书以尼克为线索，用一个旁观者的口吻静静述说盖茨比的一生。没错，就是盖茨比的一生，而不是他某一个成功的片段或者没有涉及盖茨比的未来，因为他的生命永远定格在了不惑之年。盖茨比出生于贫困家庭，却意外地爱上了大家闺秀黛西，门不当户不对是两人爱情最大的阻碍，由此引出盖茨比为之奋斗的第一个高潮。

盖茨比成功了，虽然他成功的方式不太光明正大，但他依然成为一个富人。盖茨比不甘心失去黛西，哪怕他知道黛西已经结婚了。他认为自己是爱黛西的，并且固执地认为黛西也一直是爱他的，他认为她和汤姆结婚只是爱汤姆的钱，只要自己有钱了黛西就会回到他的身边，一切就都能回到五年前的样子，那是他们的爱情刚刚开始的时候。所以盖茨比在黛西家隔海相望的地方建了一座豪宅，常常大肆宴请宾客，举办舞会，一掷千金只为了吸引黛西的到来。后来通过黛西的表哥尼克，他终于与黛西重逢了。经过短暂的美梦之后，黛西和她的丈夫汤姆回归了现实，而盖茨比最终为自己虚幻的美梦付出了生命的代价。盖茨比对黛西的追求是本书的精彩环节，但不能单纯地将其当作爱情小说。这本书受欢迎的原因之一就是它那包罗万象的价值观，对人性和人的精神层面上的深度剖析，具有“爵士时代”奢靡之风的典型性。盖茨比积极奋斗、努力追求美国梦，同时他还是一个执着于爱情，对爱情专一的人。黛西代表着物质女人，世俗且拜金，内心冷漠，擅长逢场作戏。汤姆虚伪，把贵族纸醉金迷的生活诠释得淋漓尽致，他骄傲自大，冷酷无情。旁观者尼克，是唯一一个醒着的人，他看清了一切，但无力改变现实。

结尾的一句话：“我们拼尽全力向前划着这只小舟，逆流奋勇而上，却不断地被推着倒退，进入往昔。”人生不就是如此吗！生活虐我千百遍，我待生活温暖如初恋，这就是一种坚强的态度。有梦想就去追，不要怕失败，尽可能做到自己想成为的那个样子，毕竟有梦想总是好的。

我认为不管是从现实意义还是从时代角度，或者是对人性的探讨方面出发，这本书都是值得我们一读的好作品。纵观近代文学史上几十乃至上百年的历史，畅销书数不胜数，但到最后大都无人问津。而本书经过了历史的见证，它是一部典藏巨著，不管是往后几十年或者一百年它都是经典之作。

本书一共两篇，除了《我抹掉过去，只为了让爱重来》之外，还收录了菲茨杰拉德的另一部短篇小说《冬天的梦》，内容简短详尽。两者在某些方面都有着相似之处，特别是主人公对爱情的追求，有异曲同工之妙，是读者进一步了解作者写作风格的不二之选。

目录

我抹掉过去，只为了让爱重来

冬天的梦

我抹掉过去，只为了让爱重来

第一章　初次来东部

一种缘分，无关乎金钱、地位，像是自久远的岁月以来就已经注定了相遇，任凭他还是她都挣脱不开命运的那根绳索。奇妙的偶然，尼克成了盖茨比的邻居；奇妙的身份，尼克是黛西的表兄；奇妙的记忆，盖茨比三个字再次被黛西想起……一只无形的大手似乎正在向他们缓缓张开……

那就戴上金色的帽子，如果你能进入她的内心；要是你拥有跳得很高的天赋，那就毫无保留地为她一跳，跳到她惊叫："我的情郎，我戴金帽、跳得高的情郎，我要和你相爱！"

——托马斯·帕克·丹维里埃[①]

在我还懵懂无知的时候，我的父亲对我说了一句话让我获益匪浅，哪怕已经过去这么多年了，我依旧记得清清楚楚。

"每当你想要对别人说教的时候，"他语重心长地对我说，"你必须记住，并非这个世界上的每个人都像你一样拥有优越的条件。"

他没有再多说什么，虽然我们父子之间没有太多的话，但我们总是心照不宣，所以我明白他的话都有其他意思。久而久之，我就可惯于对所有的人都保留自己的判断，这个习惯即使许多有怪癖的人肯跟我讲心里话，也使我成为不少爱唠叨的惹人厌烦的人的受害者。我的这个特征表现在正常人的身上时，心理不正常

---

①这是作者的第一部小说《人间天堂》中的一个人物。

的人会立即察觉并恶意地紧贴上来。因此，我在上大学的时候，被这种人无端指责为小政治家，因为我知道了许多不检点的小人物、放荡的陌生人那些隐秘又伤感的事。

每个人的隐私之事不是我刻意去打听的。每当我看见陌生人的言行举止有想要吐露心声的倾向时，我往往假装在睡觉，假装心不在焉，或者装出不怀好意的轻佻态度。因为年轻人倾诉的心声，或者至少他们表达这些心声所用的语言，往往是借用别人的话，而且多有明显的隐瞒。我之所以常常保留判断是因为对其他人怀有无限的希望。我现在仍然唯恐错过什么东西，担心我忘记如同我父亲带着优越感所暗示过的，我现在又带着优越感重复着的：基本的道德观念在人出生的时候就分配了不平均的分量。

在这样夸耀我的宽容之后，我必须承认我的宽容也是有限的。人类的行为可以建立在坚硬的岩石上或者湿润的沼泽中，但是一旦过了某种程度，我就不管它是建立在什么上面的了。

去年的秋季我刚从东部回来那会儿，我多么希望世界上的所有人都能穿上一身庄严的军装，就像能在道德上永远都保持着一种立正、坚定的挺立姿势。我对吃喝玩乐、纸醉金迷的生活不再感兴趣，也没有窥视别人内心的兴趣。唯有盖茨比——本书的主人公是个例外，盖茨比不属于我这种反应的范围，他代表了我真正鄙视的一切。如果一个人的品行是一系列连续成功的样子，那么这个人就会焕发出一种华丽的光彩，他对于人生的希望具有一种高度的敏感，类似一台能够记录万里以外的地震的错综复杂的仪器。他的这种敏感和常说的“创造性的特质”或者那种给人软绵绵的感觉性词语都是风马牛不相及的。我不曾见过像他一样对人生充满希望、对生活富有浪漫主义的人，我想我今后也不会再遇见第二个这样的人了。其实盖茨比的结局毫无可以指摘的地方。使我对人们短暂的悲哀和片刻的欢欣暂时丧失兴趣的，却是那些吞噬盖茨比心灵的东西，是在他的幻梦消逝后接踵而来的恶浊的灰尘。

盖茨比这一生到最后终究有了一个皆大欢喜的结局，这也是人们所期望看到的结局。而在盖茨比那波澜迭起的人生中，悲喜哀乐都不过转眼即逝，犯不着钻牛角尖，因为在漫漫人生路途上，这都只是生活的开胃菜，浅尝辄止就好了。

我的家族三代，在这个中西部城市一直都是家境富裕的头面人物。姓卡罗威的也算是个世家，据说我们是布克娄奇公爵①的后裔，但我们家族的真正创始人却是我祖父的亲哥哥。他在一八五一年来到这里，买了个替身去参加南北战争，自己后来开始做五金批发生意，直到今天，我父亲依然经营着买卖。

我从未见过这位伯祖父，但是据说我长得像他，特别是有挂在父亲办公室里的那幅板着面孔的画像为证。在一九一五年，我从纽黑文②毕了业，巧合的是我父亲也是从这个学校毕业的，而我毕业时正好比父亲晚了二十五年。在毕业之后没过多久，我参加了条顿民族大迁徙的战争，这场战争的激烈程度可以与世界大战相媲美。我在战争的反攻中感受到一种别样的刺

---

①苏格兰贵族。

②耶鲁大学所在地。

激和快乐，以至我回来的时候还时时回想起那段生活。我觉得中西部不再是世界温暖的中心，倒像是宇宙那荒凉的边缘——于是我决定到东部去学债券生意。我认识的每个人都是从事债券业务的，所以我认为再多一个单身人士加入没什么问题。我的叔伯姑姨们商量了一番，他们俨然像是在为我挑选一所预科学校——“嗯……那么……就这样。”一脸严肃而犹豫不决的样子。父亲同意承担我一年的花费，然后又几经延误，我才在一九二二年春天到东部去，并自以为是一去不复返了。

刚到东部时，首要的一件符合生活实际的事情，就是在市内找个住的地方。那个时候已经比较温暖了，我刚离开家，离开了那个有广阔的草坪、有植被树木的地方。所以，当办公室的同事提议他和我一起在近郊租一座房子时，我对这个主意十分赞同。同事找到了合适的房子，那是一个能承受风吹雨打的平房，每个月的租金是 80 美元，可是在最后入住的时刻，公司却把他调到华盛顿工作。而我只好一个人住在郊外了。我有一条狗——至少在它跑掉以前我养了它几天——一辆旧道吉汽车和一个芬兰女用人，她为我整理床铺和做早餐，有时会听见她一边在电炉上做饭，一边嘴里嘀咕着芬兰的格言。

在最初几天，我感觉到孤独，直到那天早上，一个比我还晚到这个城市的人在路上把我拦下了。

“到西卵村怎么走啊？”他无可奈何地问我。

我向他详尽地指明了方向。他感激地点头离去后，我还是继续一个人向前走着，但我却不再有之前的那种孤单的感受了。这一刻，我好像是一位领路人，一个向导，一个居住在此的原住民，是他在不经意间给了我一种身为地方主人的自信。

看到阳光明媚，树木不经意间就被树叶覆盖着，就像电影中变化着的东西一样，生长得如此之快。于是，我冒出了一个熟悉的信念：随着夏天的到来，生命将重获新生。

有很多书要去阅读，另外，从新鲜且令人愉悦的空气中也能汲取许多养料。我买了十来本有关银行业、信贷和投资证券的书籍，书架上放着一本本带有红色烫金封面的书，像是铸币厂新造的钱币似的，准备揭开迈达斯[①]、摩根[②]和米赛纳斯[③]的秘诀。此外，我还想读很多其他的书。当我还在上大学的时候，我就喜欢读书和写作——记得那一年，我突发奇想地给《耶鲁新闻》写了一系列严肃的社论，看着挺有深意，其实都是朴素、平淡的写作。现在我将重新把这个事融入我的生活中，让我成为一个“通才”，也就是那种最肤浅的专家。就好像那句俏皮的格言说的一般——生活太浮华，从窗口看生活更容易美梦成真。

在偶然的情况下，我在北美一个最离奇的小镇租了这所房子。这个村镇位于纽约市正东那个细长的奇形怪状的小岛上——那里除了有其他自然奇观以外，还有两个形状不同寻常的地方。距离城市二十英里处，有两个非常相似的蛋状半岛，外形一模一样，中间隔着一条小湾，一直伸进西面那片十分恬静的咸水区——长

---

①希腊神话中的国王，曾求神赐予点金术。

②美国财阀。

③古罗马大财主。

岛海峡那个巨大的后院。这对半岛不是正规的椭圆形状——它们像是被压扁了的，如同哥伦布的故事中受到碰撞的鸡蛋，碎裂的那头就是朝着大海的那头——但它们出奇的相似性，一定会使头顶上飞过的海鸥惊讶不已的。有趣的是，对于无翼、不能飞翔的人类来说，所能看到的这两个地方除去形状和大小，在其余各个方面都非常不同。

我住在西卵——这是两个地方中相对不那么时髦的一个，不过这是一个非常肤浅的标签，不足以表示二者之间那种古怪而又很不吉祥的对比。我的房子很不起眼，从家到海湾的距离大概有五十码，一左一右各有一座每季租金一万二到一万五美元的大别墅，我的房子就在它们中间。我右边的那幢，不管按什么标准来说，都是一个庞然大物——它是诺曼底[①]某市政厅的翻版，其中的一边有一座崭新的塔楼，上面挂着一层常春藤，有一个大理石游泳池，还有超过四十英亩的花园和草坪。这是盖茨比的公馆。或者更确切地说，这是一位姓盖茨比的阔人所住的公馆：因为我还不认识盖茨比先生。我居住的房子与邻居盖茨比相比，面上不免有点难堪，好在房子小，没什么人注意到。不过我能和富人观看同一片海，观赏同一块草地，我对自己能够和盖茨比这样的富人做邻居而自傲。并且我所付出的只是每个月八十美元的房租而已。

在小湾的对面，东卵奢华居住区洁白的宫殿式建筑沿着水边熠熠生辉，那个夏天的故事是从我开车到那边的汤姆·布坎农夫

①法国北部一地区，多古色古香的城堡。

妇家吃饭的那个晚上才真正开始的。黛西是我的远房表妹，汤姆是我在大学里就认识的。战争结束后，我还在芝加哥时曾去他们家待过两天。她的丈夫十分擅长各种运动，曾经还是纽黑文历史上最伟大的橄榄球运动员之一，也算是一个在全国都比较有名的人。这个人二十一岁就在有限范围内取得登峰造极的成就，只是从此以后一切都不免有走下坡路的味道了。他的家底非常雄厚——在他还是一个大学生的时候就因为花钱大手大脚引来别人的争议，但现在他已经离开芝加哥搬家到了东部，搬家时候的场面十分大气。比方说，他从森林湖[①]运来整整一群打马球用的马匹。在我这一辈人中竟然还有人阔到能够干这种事，实在令人难以置信。

我不知道他们来到东部的原因。他们没有任何特殊理由，在法国待了一年，然后他们就开始了东游西荡的生活，他们去的每个地方都有人在玩马球，并且每个人都很有钱。“这次要定居了。”黛西在电话里说。可是我并不相信——我看不透黛西的心思，而且我也觉得汤姆会为追寻某场可遇而不可求的球赛放弃在东部的生活，然后这样浑浑噩噩地飘荡下去。

于是，在一个有温暖的风吹拂着的晚上，我独自开车去拜访我那两个已经快不了解了的老朋友。他们的房子比我料想的还要豪华，那是一座鲜明悦目、红白二色相间的乔治王殖民时代式的大厦，面临着海湾。葱绿的草坪连接着沙滩，径直通向正门，这

①伊利诺伊州东北部的小城。

段宛如朝圣之路的长度大约有四分之一英里。这一路上会经过一处日晷景观、一座鲜红色的园林和一条曲折有致的砖石小道。到了房子跟前，正面是整整齐齐的法式落地长窗，在夕阳的映照下闪耀着金色光芒，迎着撩人的暖风敞开着。汤姆·布坎农身穿骑装，两腿叉开，站在前门的阳台上。

自纽黑文的时代之后，他有了一些改变。现在汤姆是一个超过三十岁的男人，他的身体很结实，头发是稻草色的，嘴角微微带着凶狠，举止傲慢。两只炯炯有神、傲慢的眼睛已经在他脸上占据了支配地位，永远给人一种盛气凌人的印象。即使他那套像女人的衣着那样优雅的骑马装，也掩藏不住那个身躯的巨大——他把像雪一样明亮的皮鞋填满，绷紧上面的鞋带。他的肩膀一转，那单薄衣衫下隐藏着的大块肌肉就毫无遗漏地显露出来。如此一来，他钢铁巨人般的雄壮身躯便充满着野蛮凶狠的气息。

他说起话来声音又粗又大，更给人一种性情暴躁的感觉。他和人讲话经常用一种长辈对晚辈训斥的语气，哪怕是对他爱的人说话也一样。正是这样，在纽黑文的时候，很多人都很憎恨他。

“你要是觉得我在这些问题上（很多人都憎恨他这个问题）有决定权就错了，”他吐槽说，“这只是因为我的力气大，外形看着充满男子气概，给了你我能做主的错觉。”我和汤姆以前是在同一个高年级学生联谊会上认识的，那时我们的关系也没有那么要好，但是现在我总是感觉他对我很热情，很重视我。夹杂着他那副独有的野蛮却又惆怅的样子，心里估计也希望我能把他当好朋友看。

我们在阳光和煦的阳台上谈了几分钟。

“我这地方很不错。”他说，他的眼睛不停地转来转去。

他抓住我的一只手臂将我转过身来，伸出一只硕大的手掌指向我面前的风景。他一挥手，覆盖了一个意大利风格的凹形花园，里面盛开着占地半英亩的深色玫瑰花，还有一艘停泊在岸边狮子鼻状的汽艇，随着海浪在起起伏伏。

“这地方原来属于石油大王德梅因。”他又把我推着转过身来，客客气气但是不容分说地道，“我们到里面去吧。”

我们穿过一条高高的走廊，走进一间宽敞明亮的玫瑰色的屋子——两头都是落地长窗，把这间屋子轻巧地嵌在这座房子当中。这些长窗半开半闭着，在窗外葱的绿草坪的映照下，显得格外摇曳闪亮，那片绿意盎然的草似乎打算长进房子里来。每当一阵风吹过，窗帘就像个顽皮的小孩子，就在窗户里来来去去，一会儿进一会儿出。窗帘又像一面面小白旗，被风吹到那有婚礼装饰的天花板上，紧接着又慢慢地落下，轻拂过绛红色的地毯，这姿态像极了风轻柔地吹过海面的样子。

房子里唯一一个完全没有动的东西是一张又长又大的沙发，两个年轻女子躺在沙发上，像是躺在地上的大气球上。她们都穿着白色衣服，裙摆摇荡在风中，仿佛她们刚刚乘气球在房子周围飘荡了一圈，现在又被风吹了回来。

我准是站了好一会儿，倾听窗帘刮动的噼啪声和墙上一幅挂画嘎吱嘎吱的响声。忽然，砰的一声，汤姆·布坎农关上了后面的落地窗，室内余留的风才渐渐平息下来，窗帘、地毯和两位白衣女子也都慢慢地降落到地面上。

两位白衣女子我并不都认识，那位比较年轻一点的我从没见过，不知道她是谁。从我进来房间的时候，就看见她一直在那儿躺着，像块穿越亘古而来的白板石，风吹不动。她的下巴微微向上翘起，那不为外界所动的样子，好像身上放着什么东西，需要保持平衡，不能让它掉下来。我看见她的眼睛动了一下，我以为她眼角的余光瞟到了我，结果却仍然没有任何表示——倒是我被这个动作惊了一下，差一点就要对她道歉，生怕我不打招呼地闯入惊扰了她。

另一个白衣女人——表妹黛西，她准备站起身来，做了一个身子微微前倾的动作，一脸真诚的表情——似乎觉得自己有点太客气，她扑哧一笑，又好笑又可爱地轻轻一笑，我也跟着笑了，接着就走上前去进了屋子。

“我高兴得瘫……瘫掉了。”

她再次笑了笑，好像她说了一句非常好玩的话，然后拉着我的手抬头看着我，表明世界上没有第二个人是她非常乐意看到的。那种表情是她独有的。她低声告诉我，那个在做平衡动作的姑娘姓贝克（我听人说过，黛西的喃喃低语只是为了让人家把身子向她靠近，但此类不相干的闲话丝毫无损于她这种表情的魅力）。

无论如何，贝克小姐的嘴唇轻微动了动，她几乎肉眼不可见地向我点了点头，然后又急忙转过头——好像她在保持平衡时倾斜了一下，这让她有些受惊。道歉的话再次出现在我的嘴边。这种几乎完全特立独行的表情，总会让我感到惊讶和赞美。我转过头去看我的表妹，表妹长得很美丽的，那是一种有着独特幽怨气质、令人怜爱的美，但笑起来的神情又会让人感觉如沐春风。黛西用她那轻声低语又婉转的声音和我聊天、向我提问。这是一种让人自然而然就想去靠近倾听的声音，每句话都像是不可以再次演奏的美妙音符。她的脸庞有着忧郁的美，脸上挂着明媚的神情，眼睛还是那么明媚亮丽，话语就从她那带着热情的嘴边说出来。她声音里有一种激动人心的特质，那是为她倾倒过的男人都觉得难以忘怀的：一种抑扬顿挫的、动听的声音，一声喃喃的“听着”，一种暗示。她静静地述说她刚刚做完让她心情愉悦的事，还表示接下来一个小时还会有让她愉快的事。

我告诉她我到东部来的途中曾在芝加哥停留一天，有十来个朋友都托我向她问好。

“真的吗？他们都想念我吗？”黛西十分欣喜地高呼道。

“全城都凄凄惨惨，所有的汽车都把左后轮漆上黑漆当花圈后进入城北的湖边[①]，哀声整夜不绝于耳。”我说。

“这真是太美了，我们明天就回去吧！”随即她似乎想起来了什么，调皮地对我说，“你是不是该先看看宝宝。”

“我非常想看一看。”

“她已经睡了。今年三岁了，你以前见过她吗？”

①芝加哥富人聚居的地区。

“没有见过。”

“那你真该看看她的，她……”

汤姆·布坎农本来在屋子里走动着，脸上带着焦虑不安的神情，见我和黛西说完话了，停下脚步走了过来，一只手搭在我的肩膀上。

“你在做什么买卖，尼克？”

“我在做债券生意。”

“在哪家公司？”

我告诉了他公司的名字。

“这我倒是从来没听过。”他直白地说。

汤姆的直接使我感到有点不大舒服。

“你会听到的，”我简单地答道，“你在东部待久了就会听到的。”

“噢，我一定会在东部定居下来的，你放心吧。”他先望望黛西又望望我，仿佛他在提防还有别的什么名堂，隐晦地想着，“我是个天大的傻瓜才会到别的地方去住。”

“一定是这样！”一个声音突然传来，这是贝克小姐说的。她在没有任何征兆的情况下说了这么一句话，把我吓了一跳——我进屋待了这么长时间，这是我第一次听到她说话。贝克小姐对自己突然的话语也感到有点不可思议，她打了个哈欠，伸了伸懒腰，翻身起立，迅速整理好衣裳，灵敏地做出一系列动作后站了起来。

“有点发麻了，”她咕哝道，“我怎么在沙发上躺了这么久。”

“别盯着我看，”黛西回嘴说，“我整个下午都在动员你去纽约。”

“不要，谢谢！”贝克小姐对着刚从食品间端来的四杯鸡尾酒说，“我正一板一眼地进行锻炼哩。”

房子的男主人不置可否地看着她，眼里满是不相信。“是吗？你在锻炼？”汤姆把手里的那杯鸡尾酒一口喝下去，不留一滴，然后说，“不敢相信能被你做成的事会是什么。”

我望着贝克小姐，有些疑惑，想知道什么是她“做成”了的。我乐意看着她，她是一个身材纤细，有着小乳房的女孩，像一个年轻的军校学生一样，很是秀丽、挺拔。她那双被太阳照得眯缝着的灰眼睛也看着我，一张苍白、可爱、面有疑惑的脸上流露出有礼貌的好奇心。我这才想起我以前在什么地方见过她或者她的照片。

“你从西卵过来的，那你现在住在那里是吧！”她带着鄙视的口气说，“那边有一个人我认识。”

“我谁也不认识……”

“你总该认识盖茨比吧？”

“盖茨比？”黛西追问道，“哪个盖茨比？”

我正准备说盖茨比就住在我的旁边，我们是邻居的时候，进来一个用人招呼我们说开饭了。汤姆·布坎农还是那么霸气外露，把他一只硬邦邦的胳膊伸到我的胳膊下面，推着我从屋里走了出去，好像我现在是一枚棋子，他把我从棋盘的一边推到了另一边。

两位女郎袅袅婷婷、懒洋洋的，手轻轻搭在腰上，在我们前面往外走，一直到了玫瑰色的阳台上。阳台迎着落日，餐桌上有四支蜡烛在减弱了的风中闪烁不定。

“为什么要点蜡烛？”黛西皱起眉头，表示不满。她用手指掐灭了蜡烛。“两周后是一年中最长的一天。”她喜形于色地看着大家，“你总是在等待一年中最长的一天吗？最后却总是错过了它？我在等待一年中最长的那天，但我还是错过了它。”

“我们应当计划去干点什么。”贝克小姐打着哈欠说道，仿佛上床睡觉似的在桌子旁边坐了下来。

“好吧，”黛西说，“咱们计划什么呢？”她把脸转向我，无可奈何地问道，“人们究竟计划些什么？”

我还没说话，她突然直勾勾地看着自己的小手指，眼里流露出的是惊恐。

“你们瞧！”黛西抱怨道，“我的手指伤到了。”

我们看过去——手指关节是有点青紫。

“都是你的错，汤姆！”她责怪说，“哪怕我知道你不是故意的，但我手指受伤了，和你有关系。我真是受了报应，怎么会嫁给你这个笨手笨脚的男人，一个没有脑子、只有笨重肌肉的大汉。”

“我不喜欢‘笨’这个字，”汤姆气急败坏地发出抗议，“就算开玩笑也不准这么说我。”

“你就是笨！”黛西倔强地说着。

有时她会与贝克小姐同时说话，但这并没有引起大家的注意，都是在说些不咸不淡的笑话，不是正常的聊天，就和她们的白色连衣裙一样清高，和没有任何欲望的眼睛一样漠然。她们坐在这里，应酬汤姆和我，只不过是客客气气地尽力款待客人或者接受款待。她们知道一会儿晚饭就吃完了，再过一会儿这一晚也就过去，时间随随便便地打发掉了。这与西部非常不同，在那里，每到晚上，热情好客的人都迫切地从一个阶段推进到另一个阶段，大家都满怀期待但也经常会有失望，或者为当下就要结束而感到紧张和惶恐。

“你让我有自己不文明的感觉，黛西，”我开始喝第二杯虽然有点软木塞气味却相当不错的红葡萄酒了，然后坦白地说，“你可以说点儿庄稼或者其他什么事吗？”

我这句话没有什么特别的意思，但是却很意外地被人接了下去。

“文明正在崩溃，”汤姆气势汹汹地大声说，“我近来成了个对世界非常悲观的人。你看过戈达德这个人写的《有色帝国的崛起》吗？”

“这个……我没看过。”我轻轻地答道，对他这么激动的语气感到惊讶。

“我说，那本书真是棒极了，每个人都应该去读一读。它讲的是，我们现在虽然有着许多白色人种，但要是我们安稳久了，放松警惕，白色人种会面临……面临被全部淹没的危险。说了很多科学道理，有许多都是证实过的。”

“汤姆说起这些就会变得深邃起来。”黛西说着脸上有着些许忧伤却又毫无芥蒂的样子，“他对深奥的书籍感兴趣，看了部分这方面的书，书中有很多让人看不懂的字。记得有一次，是个什么深奥的字来着，我们……”

“我说一下，这些书都是以科学为基础的，”汤姆解释道，他不耐烦地瞅了黛西一眼，“这个人把道理说得很清晰，我们是占主导地位的种族，我们有责任保持警惕，否则，其他种族将控制一切。”

“我们非打倒他们不可。”黛西低声地讲，同时拼命地对炽热的太阳眨眼。

“你们应当到加利福尼亚安家……”贝克小姐开口说，可是汤姆在椅子上沉重地挪动了一下身子，打断了她的话。

“最主要的一个观点说我们是北欧日耳曼民族。我是，你是，你也是，还有……”稍稍迟疑了一下之后，他点了点头把黛西也包括了进去，这时她又冲我眨了眨眼，“我们创造的所有东西形成了文明——就像科学艺术，以及其他东西，这么说你们能理解吗？”

他的那股一心一意的劲儿看上去有些可怜，他那骄傲、不可一世的态度似乎比平时更突出了，但是现在，这种程度对于他来说还是不够。这个时候，房间里的电话响了，他们家的男管家走下阳台去接听电话。黛西见男管家走了，立马把脸凑到我面前，一副神神秘秘的样子。

“我有个秘密要告诉你。”黛西兴奋地俯身在我耳边小声说，“我有个关于男管家鼻子的秘密，你想听听这个故事吗？”

“这正是我今晚来拜访的目的嘛。”

“我要告诉你的是，他不是一直都是男管家。他过去常常在纽约一户人家擦拭银器。大概有两百人使用的银制餐具，他每天从早上到晚上都做这个，然后他的鼻子就受到影响了……”

“后来情况越来越坏。”贝克小姐提了一句。

“是的。情况越来越坏，最后他只得辞掉工作不干了。”

有一阵，夕阳的余晖照在她红润而有光泽的脸上，她的声音让我不由自主聚精会神地去听——然后光芒逐渐消失，每一道光都很不情愿从她身上移开，仿佛孩子们在黄昏到来时离开一条快乐的街道一样。

男管家回来后，凑着汤姆的耳朵咕哝了点什么，汤姆听了眉头一皱，把他的椅子朝后一推，一言不发就走进室内去。仿佛他的离去使她活跃了起来，黛西又探身向前，她的声音像唱歌似的动听。

“我真是太开心了，能在餐桌上见到你我很高兴，尼克。看见你让我想起一朵花——一朵玫瑰花，一朵纯正真实的玫瑰花。对不对？”说完，她把脸转向贝克，想要贝克配合“一朵纯正真实的玫瑰花”这句话。

这只是胡乱说说罢了。我和玫瑰根本没有相似的地方，她只是嘴里闲聊了一两句胡话，但却充满着一种动人心神的激情，仿佛在那些令人心动的话里隐藏着一颗她想要表达的心，想跟你倾诉一番。然后她突然把餐巾扔到桌子上，低声说了句“对不起”后就独自走进了屋里。

贝克小姐和我互相交换了一下眼色，表示我们都不知道怎么回事。我刚想开口的时候，她警觉地坐直起来，用警告的声音说了一声“嘘”。可以听见那边屋子里有一阵低低的、激动的交谈声，贝克小姐就毫无顾忌地探身竖起耳朵去听。两个人的话语喃喃地传出，有几次都快要听得清楚了，忽然声音就降低了下去，然后又变为激动的声音，直到最后悄无声息。

“你之前说的那位盖茨比先生和我是邻居。”我趁着空当把之前想说的话讲了出来。

“你等等，先别说话，我要听听他们怎么了。”贝克小姐做了一个“嘘”的手势。

“他们之间是不是出什么事了？”我故作看不见形势地问道。

“难道你不知道吗？”贝克小姐说，她真的感到奇怪，“我以为人人都知道了。”

“我可不知道。”

“哎呀……”她犹疑了一下说，“汤姆在纽约有个女人。”

“汤姆有其他女人？”这次我是真的茫然了。

贝克小姐点点头。

“她至少也要识趣一点，不要在吃饭的时间打来电话，你说是吧？”

我还没理解她说的是什么意思，就听见一阵衣裙的窸窣声和皮靴的噔噔声，是他们回来了。

“真是没办法！”黛西强装开心地高声说。

她坐在位置上后，先是看了眼贝克小姐，然后又看了一下我，说："我到外面去看了看，外面很浪漫。草坪上有一只鸟，我想一定是搭康拉德或者白星轮船公司[①]的船过来的一只夜莺。它在不停地歌唱……"她的声音也像唱歌一般，"很浪漫，是不是，汤姆？"

"非常浪漫。"他说，然后哭丧着脸对我说，"吃过饭要是天还够亮的话，我要领你到马房去看看。"

而此时，里面的电话再次不合时宜地响了，所有人都暗自惊讶。黛西没说话，眼睛盯着汤姆，然后深沉地摇摇头，接下来的关于去马房的话题，乃至后面的所有的话题，都心不在焉的，在言不由衷中化为泡影。我记得在宴会的最后几分钟，蜡烛不知道什么时候又点燃了，黛西也没有提出异议。我觉得晚宴快结束了，想认真看看好久不见的他们，可又想逃避和他们的目光对视。我猜不出黛西和汤姆在想什么，但是我也怀疑，就连贝克小姐那样看起来玩世不恭的人，是否能把这第五位客人尖锐刺耳迫切的呼声完全置之度外。对某种性情的人来说，这个局面可能倒怪有意思的——我本能的反应是立刻去打电话叫警察。

不消说，没有人再提起马了。汤姆和贝克中间的天空中有着几英尺的暮色，他们漫步着回到书房，就像是走向一个真实存在的尸体旁去守夜。而我，一边表现出兴致勃勃的样子，一边装作什么都听不见，无视响起的电话铃声，跟着黛西穿过一连串的走廊，走到前面的阳台上去。在苍茫的暮色中，我们并排着在一张柳条的长靠椅上坐下。

---

①两家著名的英国轮船公司，专营横渡大西洋的业务。

黛西双手捧着脸颊，尽显美丽动人的模样，她好像漫不经心地在抚摩着自己那乖巧可人的脸庞，出神地望着天边的暮色，思绪却不知飘荡在了何处。我能感受到她心情的不平静，所以我向她问了几个关于她女儿的问题，试着让她镇定一下。

“我们虽然是亲戚，却一点儿都不熟悉，尼克。”黛西忽然开口道，“我记得我结婚的时候你也没有来参加。”

“我打仗还没回来。”

“确实，”她犹疑了一下，“唉，我可真够自作自受的，尼克，所以我差不多看透了一切。”

她有这个观点显然是有原因的。我等着听，但她不再说了。沉默了一会儿，我又吞吞吐吐地回到了她女儿的话题。

“我想她肯定能开口说话了吧？又或者……可以自己吃东西了吧？什么都会做了吧？”

“呃，是啊。”她心不在焉地看着我，“听我说，尼克，让我告诉你她出世的时候我说了什么话。你想听吗？”

“非常想听。”

“你听我说了你就能理解我为什么会变成现在这样了——对所有世间的事的态度。女儿刚出生的那天，汤姆没有陪在我身边，谁也不知道他去了哪里。当我迷迷糊糊地从乙醚的麻醉中醒过来的时候，我就感觉到很孤独。世界是这么的冷冰冰，我充满希冀地问护士是男娃还是女娃，她说是个女儿，我很伤心，再也控制不住转身大哭。‘好吧’，我说，‘没想到是个女孩儿，我很喜欢女孩儿。我希望我的女儿长大后是一个傻瓜——在这个世界上可能女孩子只有傻一点才能过得快乐吧，我想要我的女儿做一个美丽的小傻瓜。’”

“你明白我肯定认为一切都糟透了吧？”她坚定不移地继续说，“人人都这样认为，即使是那些最文明的人——我知道的。我哪里都去过了，一切都见过了，一切都做过了。”她的眼睛闪闪发光，看向四周，一副盛气凌人、傲慢的样子，就像汤姆一样。她又大笑了起来，笑声饱含讥嘲：“饱经风霜……我的天，我现在已经饱经风霜了！”

她的话音一落，不再强迫我注意她并相信她时，我就感觉到她刚才说的根本不是真心话。这使我感到不安，似乎整个晚上都是一个圈套，迫使我也相应地付出一份感情。我等着，果然，过了一会儿她看着我时，她那可爱的脸上就确实露出了假笑，仿佛表明她和汤姆是属于一个上流社会的秘密团体中的一分子。

室内的红屋子里亮着灯，汤姆和贝克坐在长沙发的两头，她正在读《星期六晚邮报》给他们听。贝克的声音略微低沉，语速起伏没有太大变化，在她那平静的声调中呼出的一连串的字句令人感到十分安宁。屋里的灯光照耀在汤姆的皮鞋上闪闪发亮，照耀在贝克黄如秋叶的头发上显得暗淡而没有光彩，而每每翻过一页，她纤细的胳膊肌肉晃动时，灯光就趁机闪烁在纸上。

我们走进屋子，她举起一只手来示意我们不要出声。

“待续，”她一面念道，一面把杂志扔在桌上，“见本刊下期。”

她膝盖一动，身子一直，霍地就站了起来。

“已经十点了。”她说，显然她已经在天花板斜着的墙上看见了时间，“那我这个作息规律的好孩子就得睡觉了。”

“乔丹明天要去参加锦标赛，”黛西解释道，“在威斯彻斯特那边。”

“哦，原来你是乔丹·贝克呀？”

我到现在终于明白为什么对她有种似曾相识的感觉——她的那种可爱又骄傲像个小公主的表情，我曾经在阿希维尔、温泉和棕榈海滩[1]等地的体育栏目的报纸上面看见过，透过纸张，我还一度觉得有人在注视着我。我好像以前听别人说过关于她的一些风言风语，都是一些负面的话，不过已经过了这么久了，我也记不清楚是什么事情了。

“明天见，”她对黛西轻声说，“八点叫我，好吧？”

“只要你起得来。”

“我一定可以。晚安，卡罗威先生。改天见吧。”

“你们当然会再见面的，”黛西保证道，“说真的，我很想做一次媒人，将你们俩撮合在一起，我觉得你们两个很般配。尼克，你一定要多来我们这里，这样我就能给你们创造机会——嗯，我想想——比如说不经意间把你们关到了一个小房间，锁上房间的门，你们在里面打不开。又或者在游玩的小船上把你们推进大海，等等——留给你们独处的机会。”

“明天见，”贝克小姐从楼梯上喊道，“你们说的我一个字也没听见。”

---

①美国几个著名的旅游胜地，贝克小姐曾多次前往参加高尔夫球赛。

“贝克是个乖孩子。”汤姆一本正经地说，“他们不该让她乱跑。”

“他们是指谁？”黛西冷冰冰地问道。

“贝克的家人。”

“她家里只有一个七老八十的姑妈。再说，尼克以后可以照顾她了，是不是，尼克？她今年夏天要到这里来度过许多个周末。我想，这里的家庭环境对她会大有好处的。”

黛西和汤姆沉默了一会儿，彼此看着对方，谁也没说话。

“她是纽约本地人吗？”我开口问道。

“贝克是路易斯维尔[①]人。我们一道在那里度过了我们纯洁的少女时期。多想回到我们那美丽纯洁的小时候……”

“你在阳台上是不是跟尼克讲心里话了？”汤姆忽然质问。

“我讲什么了？”她看向我说，“我忘了说什么了，不过我记得我们有说到日耳曼种族。没错，我可以确定我们是在聊那个。不经意间就说到了这个话题，我们还没发现呢。”

“别听到什么都信以为真，尼克。”他告诫我道。

我耸耸肩，无所谓地说我什么都不记得。又过了几分钟，我起身向他们告辞，准备回去了。我们有说有笑地走到了门口，汤姆和黛西肩并肩站在明亮的灯光下，送我离去。我上了自己的车，刚发动汽车时，黛西忽然说：“等等，尼克！”

“我忘了问你一件事，很重要的事。我们听说你在西部跟一个姑娘订婚了。”

---

①路易斯维尔，美国南部肯塔基州的城市。

“不错，”汤姆也这样说，“我们听说你订婚了。”

“那都是假消息，我这么穷的一个人，谁会看上我。”

“可是我们听说了。”黛西坚持说，使我感到惊讶的是，她身上再现了最初的那种如花朵一样让人心动的美丽，“我们听三个人说过，所以一定是真的。”

我明白他们说的是什么事，但是我根本就没有订婚，一些小道消息传我订婚了，我来到东部也有这方面的原因。你不能因为怕谣言就和一个老朋友断绝来往，可是另一方面我也不想迫于谣言的压力就去结婚。

我被他们的关心感动了，也让我不觉得富裕的他们那么的高不可攀了。即便是这样，我在开车回家的路上，心里有些疑惑，甚至还感到十分厌恶。我的想法是，黛西最正确的做法是带着孩子离开这座房子——可是很显然，黛西完全没有这种想法。至于汤姆，他“在纽约有个女人”这种事倒不足为怪，奇怪的是他会因为读了一本书而感到沮丧。不知道是什么样的东西，能够让他在陈旧迂腐的书籍里面汲取着慰藉精神的食粮。他那魁梧健壮的身体里唯我独尊的霸道主义气息，好像已经不能再对他的心灵给予保护了。

一路上，小旅馆房顶上和路边汽油站门前已经是一片盛夏景象，一台台鲜红的加油机蹲在电灯光圈里。我回到我在西卵的住处，把车停在小车棚之后，在院子里一架闲置的刈草机上坐了一会儿。风已经停了，眼前是一片吵闹又耀眼的夜景。道路旁边的树上传来了鸟儿拍翅膀的声音，侧耳仔细听还可以听见青蛙充满力量地站在大地的风箱上，不断地发出风琴般的声音。一只猫的侧影在月光中慢慢地移动，我掉过头去看它的时候，发觉我不是一个人——五十英尺之外，一个人已经从我邻居那大厦的阴影里走了出来，他两手插在口袋里，然后站在那里仰望银白的星光。从他那悠闲的动作和他那两脚稳踏在草坪上的姿态可以看出，他就是盖茨比先生本人——出来确定一下我们本地的天空哪一片是属于他的。

此时已经到了夜幕降临的中期了，我看见盖茨比先生和他的仆人在交流着什么。仆人恭恭敬敬的样子，点着头。我远远地看着他，因为我的房子很隐蔽，除非我自己主动显露我的存在，不然的话，这个位置是没有人会注意到我的。盖茨比是个富人，他的草坪，他家旁边的大海，这些地方都是他私有的，我常常在有意无意的时候闯入他的“领地”，享受着本不该属于我的东西，但他这个主人却毫不知情。甚至都不知道旁边还有个邻居，我有时也会因为我刻意地侵犯别人的地盘有点小小的惭愧。

我下定决心要向他打个招呼，贝克小姐在吃东西时提起过他，这可以当作自我介绍的话头。但是我最终没有问候他，因为我看见他做了一个动作，好像在说他满足于独自一人——他面向大海伸出双臂，伸入黑暗的海水中，姿势十分奇怪，并且尽管我离他很远，但我可以发誓他正在发抖。我也情不自禁地朝海上望去——什么都看不出来，海的那边除了一盏闪烁的绿灯，又小又远，我都有点不确定那边是什么了，有可能是一座码头的尽头吧。等我回过神来，再看向盖茨比刚刚站立的地方，发现他早已不见了人影，于是这个夜晚又是我独自待着：静静地观看明月升降，我感到一片宁静。

点评：

自古英雄难过美人关，黛西美得不可方物，任谁见了这样一个大美人都会有怦然心动的感觉。尼克也不例外，但他见到美丽事物时的态度不失君子风范。与那些失态的行为相比，这恰恰体现出一个是欣赏的态度，一个是龌龊的占有欲，一念君子一念小人。人无完人，黛西再美，也有当时上流人物的高傲气息，这是阻隔盖茨比美好爱情的一堵墙，揭示了上层社会对待下层人物的态度的冰山一角。

第二章 初见末特尔

欲望在沸腾，欲望在激荡。物质上得到满足的人，就会想办法去充实自己的精神世界，一间小房子里充斥着不痛不痒的享乐，就像不曾盛开在冬季的蜡梅，花虽也美，但总归少了应有的纯粹。而恰好有那么一群人，需要的就是那不纯粹的东西。

西卵和纽约之间大约一半路程的地方，公路匆匆忙忙跟铁路会合，它在铁路旁边跑上四分之一英里，为的是躲开一片荒凉的地方。这是一个灰烬堆成的山谷——是一个神奇又古怪的田园农场。这里的灰烬长成了麦子的形状，长成了小山丘的形状和奇怪的园子的形状。这里的灰堆成了各式各样的房子、烟囱的形状。到后来，经过了难以想象的努力，堆成了一个个满是灰尘的人，他们模糊地走动着，然后，这一切在飞扬的空气中再次变成了灰。因此叫这里灰堆。有时一列灰色的货车慢慢沿着一条看不见的轨道爬行，吼嘎一声鬼叫，停了下来。马上，那些灰蒙蒙的人就拖着铁铲一窝蜂拥上来，扬起一片尘土，让你看不到他们隐秘的活动。

过不了片刻，尘土落地，依稀能看清那片笼罩在烟尘里的世界，一双大眼睛显现了出来——上面写着 T. J. 埃克尔堡医生。T. J. 埃克尔堡医生有一双庞大的蓝色眼睛，为什么一定要说庞大呢，因为光是瞳仁就起码有一码高。这双庞大的眼睛并不是长在一张脸上，除了有一副符合眼睛尺寸的黄色眼镜，就别无他物了，那透过眼镜向外看的眼睛，活像一个济世救人的医生露出的和蔼又仁爱的目光。很明显，这是一个有天马行空的想法的眼科医生，专门在那儿竖立一个广告牌，目的是吸引人们的注意，扩大他在皇后区的业务。后来，可能他自己也永久地向世界告了别，或者是他撇下那精心设置的广告牌后搬走了。但是，他留下的两只眼睛，经过时间的变迁，饱受风霜雨雪的洗礼，油漆掉落，色泽暗淡，它依然在那片看不清的世界里竖立着，用那和蔼又仁爱的目光俯视着灰土堆。

灰堆旁有条肮脏的小河流过，每逢河上的吊桥拉起来让船通过时，等候过桥的火车上的乘客就得盯着这片凄凉的景色，时间长达半小时之久。平时火车在这里至少也要停一分钟，也正是这个缘故，我才初次见到了汤姆·布坎农的情妇。

他有个情妇，这是所有知道他的人都认定的事实。他的熟人都很气愤，因为他常常带着她上时髦的馆子，并且让她在一张桌子旁坐下后，自己就走来走去，跟他认识的人交谈。我虽然好奇，可并不想和她见面——但是我见到她了。一天下午，我跟汤姆同行，搭火车上纽约去。等我们在灰堆停下来的时候，他一骨碌跳了起来，抓住我的胳膊肘，简直是强迫我下了车。

“我们就在这儿下车，”他带着不让人反驳的语气说，“我想带你去见一见我外边的女人。”

我想他可能是吃中午饭的时候喝了太多酒，因为汤姆在让我和他去见情妇的这件事情上，没有一点表面上的基本的礼貌，他几乎把我强拉硬拽着去的，十分霸道。他那目中无人的想法中，理所当然地认为我在星期天的下午就没有其他更有意思的事情可以做了。

我跟着他跨过一排刷得雪白的低低的铁路栅栏，然后沿着公路，在埃克尔堡大夫目不转睛的注视之下往回走了一百码。眼前唯一的建筑物是一小排黄砖房子，坐落在这片荒原的边缘，大概是供应本地居民生活必需品的一条小型主街[1]，左右两侧一无所有。这排房子有三家店铺，一家正在招租，另一家是通宵营业的饭馆，门前有一条炉渣小道，第三家是个汽车修理行——乔治·B. 威尔逊修理汽车、买卖汽车。我跟着汤姆走了进去。

这家汽车修理行十分冷清，整个门市里空空荡荡的，我看了

---

①美国小城镇往往只有一条大街，商店集中在这条街上，通称“主街”。

一圈也只发现一辆汽车——一辆生锈破烂、灰尘遍布的福特车，停靠在不起眼的阴暗角落。我脑海里突然有一个奇怪的想法：该不会这家车行有名无实，表面上是个修理汽车的地方，实际上楼上却别有天地，暗自藏着奢华、温暖的房间？这个时候，老板从办公室走了出来，一边走还一边擦着手，他长得中规中矩，不好看也不难看，有着一头金黄的头发，但整个人显得没有朝气。他抬头看见了我们，半眯着的浅蓝色眼睛里略微露出了一丝光芒，这是一种叫作希望的东西——黯淡的希望。

“你好，威尔逊，你这家伙，”汤姆说，同时嘻嘻哈哈地拍拍他的肩膀，“生意怎么样？”

“还可以，”威尔逊缺乏说服力地回答，“你什么时候才把那部车子卖给我？”

“下星期。我已经让我的司机在整修它了。”

“他干得很慢，是不是？”

“不，他干得不慢，”汤姆冷冷地说，“如果你有这样的看法，我还是把它拿到别处去卖为好。”

“我不是这个意思，”威尔逊连忙解释，“我只是说……”

他的声音渐渐消失，汤姆不耐烦地四处打量着车行，好像在找什么。接着没多久，我就听见有人下楼的声音，一个女人出现在楼梯上，她那粗壮的身躯挡住了阳光。这个女人大概有三十五六岁的样子，身材胖胖的，却不像别的胖女人那样，她胖得不丑陋。她身穿一件深蓝色的连衣裙，衣服上沾了些油渍，脸庞也没有很明显的美丽，但是给人一种一目了然的活力，就好像她浑身上下的神经都在不停地燃烧。她慢慢地一笑，然后大摇大摆地从她丈夫身边穿过——仿佛她丈夫只是个幽灵——走过来跟汤姆握手，两眼直盯着他。接着她用舌头润了润嘴唇，头也不回就低声粗声粗气地对她丈夫说：

“你怎么不拿两张椅子来让人家坐下？”

“对，对。”威尔逊连忙答应，随即向小办公室走去，他的身影马上就跟墙壁的水泥色打成一片了。一层灰白色的尘土笼罩着他深色的衣服和浅色的头发，笼罩着前后左右的一切——除了他的妻子之外。

她走到了汤姆身边。

“我要见你，”汤姆热切地说道，“搭下一班火车。”

“好吧。”

“我在车站下层的报摊旁边等你。”

她点了点头，从汤姆身边离开了，威尔逊这才从办公室出来，手里拿着两张椅子。

我和汤姆在道路的一旁、比较不引人注意的地方等着她。再过几天就到七月四号[①]了，道路上有一个黑不溜秋、衣衫褴褛的意大利孩童在轨道旁点放着一排“鱼雷炮”。

“多可怕的地方，是不是！”汤姆说，同时皱起眉头看着埃克尔堡医生。

“糟透了。”

“换换环境对她有好处。”

“她丈夫没意见吗？”

“威尔逊？他以为她到纽约去看她妹妹。他蠢得要命，连自己怎么活着都不知道。”

---

①美国独立纪念日。

于是，我、汤姆·布坎农还有他的那位情妇，三人同行去了纽约——或许说同行不太恰当，因为威尔逊太太很自觉，没有和我们待在一个车厢。汤姆还是没敢那样肆无忌惮，知道做出一些让步，否则很有可能引起车厢里一些东卵人的厌恶之情。

比刚见到她时，威尔逊太太换了一身衣裳，是一件棕色花布连衣裙。我们到达纽约时，汤姆把她扶下车，那件裙子适时地展现了那动人的曲线，紧紧地绷着，贴在她那肥大丰满的臀部上。她在报摊上买了一份《纽约闲话》和一本电影杂志，又在车站药店里买了一瓶冷霜和一小瓶香水。在楼上，在那阴沉沉的、有回音的车道里，她放过了四辆出租汽车，然后才选中了一辆新车，车身是淡紫色的，里面的坐垫是灰色的。我们乘坐着她选中的车子慢慢地驶出了车站，离开了阴暗的车道，沐浴在阳光下。车辆正向前行驶中，她突然把看向车窗外的眼睛掉转过来，身子向前拱了拱，敲了敲前面的透明玻璃。

“我也想要一只那样可爱的小狗，”她满眼放光地说，“要是能买一只养在公寓该多好。养只小狗——这是一件很有趣的事。”

我们的车子倒退到一个白头发老头跟前，他长得活像约翰·D. 洛克菲勒[①]，真有些滑稽。他脖子上挂着一个篮子，里面蹲着十几条新出世的、难以确定品种的小狗。

“它们是什么品种？”威尔逊太太等老头走到出租汽车窗口就急着问道。

---

①美国石油大王，亿万富翁。

“各种都有。你要哪一种，太太？”

“我说我要一只警犬，你能给我吗？”

老头皱着眉头，一脸疑惑地向篮子里望去，看看这，看看那，最后小心翼翼地捏着小狗颈上的皮毛拎出来一只，小狗也顽皮地在空中扭来扭去。

“这不是警犬吧！”汤姆一眼就看出来了说。

“不是，这不一定是警犬，”老头说，声音流露出失望的情绪，“多半是一只硬毛猎狗。”他的手抚摸着狗背上棕色毛巾似的皮毛。“你瞧这个皮毛，很不错的皮毛，这条狗绝不会伤风感冒给你找麻烦的。”

“我觉得它真好玩，”威尔逊太太热烈地说，“多少钱？”

“这只狗吗？”老头用赞赏的神气看着它，“这只狗要十美元。”

这只硬毛猎狗转手就卖了出去——值得肯定的是，这只狗的血统和硬毛猎狗[①]是具有一定关系的——这次小狗倒也不怕生，安安静静地躺在威尔逊太太的怀里。她兴致勃勃地不停抚摩着那据说不怕伤风感冒的狗的皮毛。

“这是雄的还是雌的？”她委婉地问。

“那只狗？那只狗是雄的。”

“是只母狗，”汤姆斩钉截铁地说，“给你钱。拿去再买十只狗。”

---

①这种狗背上和两侧往往是黑色，其余部位是棕色。

我们坐着车子来到五号路，在夏天这个星期日的下午，空气又温暖又柔和，几乎带着些田园风味。即使看见一大群雪白的绵羊突然从街角拐出来，我也不会感到惊奇。

“停一下，汤姆。”我说，“我们就在这里分开吧！”

“怎么了，你现在可不能走，”汤姆急忙拉住我说，“你要是不去我们的公寓坐一坐的话，末特尔会不高兴的，是吧，末特尔？”

“去吧，”她也一脸真诚地邀请我说，“等一下我打电话把我妹妹凯瑟琳也叫过来，见过她的人都说她长得美若天仙。”

“呃，我很想去，可是……”

我们继续前进，又掉头穿过中央公园，向西城一百多号街那边走。出租汽车在一五八号街一大排白色蛋糕似的公寓中的一幢前面停下。威尔逊太太向四周扫视一番，俨然一副皇后回宫的神气，同时捧起小狗和其他买来的东西，趾高气扬地走了进去。

“我要把麦基夫妇请上来，”我们乘电梯上楼时她宣布，“当然，我还要打电话给我妹妹。”

他们的房子在最高一层——一间小起居室，一间小餐室，一间小卧室，还有一个洗澡间。起居室被一套大得离谱的靠垫家具撑满了，这套家具的材质是织锦的。空间被占了很大一部分，以致在室内走路都不方便，一不小心就会被绊倒在画有法国仕女在凡尔赛宫的花园里打秋千的地毯上。墙上挂的唯一的画是一张放得特别大的相片，乍一看是一只母鸡蹲在一块模糊的岩石上。可是，从远处看去，母鸡化为一顶女帽，一位胖老太太笑眯眯地俯视着屋子。桌子上放着几份旧的《纽约闲话》，还有一本《名字叫彼得的西门》[①]以及两三本百老汇[②]的黄色小刊物。威尔逊太太首先关心的是狗。一个负责开电梯的工人，不情不愿地去买了一个底部垫着暖和稻草的盒子和一些牛奶。另外他又自己掏钱为小狗买了一盒又大又硬的狗饼干，看来也是一个喜欢宠物的人。我记得当时有一块饼干在牛奶里泡了一个下午，都泡烂了也没人发现。汤姆熟练地打开锁，在一个封闭的柜子里拿出一瓶威士忌。

我一辈子只喝醉过两次，第二次就是那天下午，因此当时所发生的一切到现在都好像在雾里一样，模糊不清——虽然公寓里直到晚上八点以后还充满了明亮的阳光。威尔逊太太坐在汤姆的膝盖上给好几个人打了电话。后来香烟没了，我就出去，到街角的药店买烟。我迷迷糊糊地回来了，没有看见他们俩，旁边的房间灯却是亮着的，于是我知道他们干什么去了。我默默地在起居室里坐着，翻看着那本《名字叫彼得的西门》书中的一章——可能是我喝了威士忌，不胜酒力，头脑不灵活，也可能是这本书的作者写得太糟糕，因为我竟然看不懂它写的是什么。

汤姆和茉特尔——第一杯酒下肚之后威尔逊太太和我就彼此喊名字了——重新露面，客人们就开始来敲公寓的门了。

她妹妹凯瑟琳是一个苗条而俗气的女人，年纪三十岁上下，

---

①当时流行的一部通俗小说。

②纽约戏院集中的地区。

一头浓密的短短的红头发，脸上搽了厚厚的一层粉，白得像牛奶一般。她的眉毛是拔掉又重画过的，画的角度有些俏皮，但是人为地拔掉自己的眉毛，始终会长出新的来，这使她的脸部看起来稀奇古怪的。她走起路来还会伴随着一阵叮叮咚咚的声音，那是她身上佩戴的假首饰碰撞而发出的声音。她就像这个房子的主人一样，昂首阔步地走进门，扫视着屋里的摆设，就好像这里所有的东西都是她的，让我产生了一种她本来就是住在这里的错觉。但是等我问她时，她放声大笑，大声重复了我的问题，然后告诉我她和一个女性朋友同住在一家旅馆里。

麦基先生住在楼下，是一个白净的、女人气的男人。他刚刮过胡子，因为他颧骨上还有一点白色的肥皂沫，他和屋里每一个人打招呼时都毕恭毕敬。他告诉我他是"吃艺术饭"的，后来我才明白他是摄影师，墙上挂的威尔逊太太母亲那幅一片胚叶似的模糊不清的放大照片就是他摄制的。他老婆长得倒是漂漂亮亮的，但是一开口说话就又是另一种感觉了，语气尖锐刁钻，整个人也没有血色，让人十分讨厌。她神气至极地对我说，她和丈夫结婚以来，照过一百二十七次相。这是一件多么值得炫耀的事啊，她也许是这样想的吧。

威尔逊太太不知什么时候又换了一套衣服，现在穿的是一件精致的奶油色雪纺绸的连衣裙，是下午做客穿的那种，她在屋子里转来转去的时候，衣裙就不断地沙沙作响。

由于衣服的影响，她的个性也跟着起了变化。早先在车行里那么显著的活力变成了目空一切的傲慢。她的笑容、她的动作、她的语气，每一秒都在变化，变得越来越虚假，越来越矫揉造作。在她逐渐自我膨胀的过程中，我们所待的这个屋子的空间好像变得越来越小，越来越令人窒息，最后她好像落入了模糊不清的空气中，坐在一个嘎吱嘎吱的木轴上不停地旋转。

“亲爱的，”她装腔作势地大声告诉她妹妹，“这年头不论是谁都想欺骗你，他们脑子里想的只有钱。上星期我找了个女的来看看我的脚，等她把账单给我，你会以为她给我割了阑尾呢！”

“哦？是谁呀，这么能赚钱”麦基太太问。

“是埃伯哈特太太，她总是喜欢给人看脚。”

“我喜欢你这件衣服，”麦基太太说，“我觉得它真漂亮。”

威尔逊太太不屑地把眉毛一扬，否定了这句恭维的话。

“这只是一件又破又旧的衣服，”她虚伪地说，“我只有在不注重自己形象的时候，才会拿出来穿在身上。”

“可是穿在你身上就显得特别漂亮，如果你懂得我的意思的话，”麦基太太紧跟着说，“要是切斯特能把你这个姿势拍下来，我想这一定会是一幅杰作。”

我们都默默地看着威尔逊太太，她把一缕头发从眼前掠开，笑盈盈地看着我们。麦基先生聚精会神地盯着她，略微思索，接着又伸出手在上下左右比画着什么。

“我需要把光线调一下，”他说出自己的想法，“我觉得可以把脸部的轮廓感表现出来，这样会更有立体感，我还想把遮挡在身后的头发也框进来。”

“我认为根本不应该改换光线，”麦基太太大声说，“我认为……”

她丈夫“嘘”了一声，于是大家又都把目光转向摄影的题材。这时，汤姆·布坎农出声打了一个哈欠，站了起来。

“你们麦基家两口子喝点什么吧，”他说，“末特尔，再搞点冰和矿泉水来，不然的话大家都睡着了。”

“我老早就告诉那个小伙子送点冰来，”末特尔眉毛一挑，对社会底层人物的懒惰和卑贱表示无望，“这种人，你就得时刻盯紧才行。”

我看见她的目光看向了我这边，然后莫名其妙地笑了笑。然后又像个孩子似的一蹦一跳地跑到小狗面前，开开心心地亲了亲它，接着昂首阔步地走向了厨房。那神气十足的模样，仿佛厨房里有十几个大厨师在等着她命令。

“我在长岛那边拍过几张好的。”麦基先生断言。

汤姆茫然地看看他。

“有两幅我们配了相框挂在楼下。”

“两幅什么？”汤姆追问。

“两幅习作。其中一幅我称为《蒙涛角——海鸥》，另一幅叫《蒙涛角——大海》。”

那位名叫凯瑟琳的妹妹在我身旁的沙发上坐了下来。“我听姐姐说，你也住在长岛那里？”她好奇地看着我。

“对，没错，我住在西卵。”

“哦？我知道那儿，大概一个月之前吧，我去西卵参加了一次聚会，在一个叫盖茨比的富人的别墅里。你知道盖茨比吗？”

“我和他是邻居。”

“噢，人家说他是德国威廉皇帝[①]的侄儿，或者什么别的亲戚，他的钱都是那么来的。”

“真的吗？”

她点了点头。

“我挺惧怕他的，我可不想和他有太多的接触。”

关于盖茨比的那些奇闻趣事，正在我们准备进行更深的交流时，由于麦基太太伸手指向凯瑟琳就没有继续了。

“切斯特，我觉得可以给凯瑟琳也拍一张好看的作品，你觉得呢？”她大声嚷嚷道。然而麦基先生只是点了点头，没什么其他表示，接着马上又全身心投入汤姆那里。

“我很想在长岛多搞点业务，要是有人介绍的话。我唯一的要求就是他们帮我开个头。”

“问末特尔好了。”汤姆哈哈一笑说，正好威尔逊太太端了个托盘走了进来，“她可以给你写封介绍信。是不是，末特尔？”

“干什么？”她吃惊地问道。

“你给麦基写一封介绍信去见你丈夫，他就可以给他拍几张特写。”他嘴唇不出声地动了一会儿，接着胡诌道，“《乔治·B. 威尔逊在油泵前》，或者诸如此类的玩意儿。”

---

①德国有两任威廉皇帝，这里应是指威廉二世。

凯瑟琳向我这边凑过来，悄悄对我说：“他们都不喜欢自己婚后的另一半。”

“是这样吗？”

“不能忍受，”她看了一眼末特尔，又向汤姆那边瞅了瞅，“我说，既然都不爱对方了，为什么还要勉强自己一起生活呢？换做我的话，我会毫不犹豫地离婚，再找个喜欢的人结婚。”

“末特尔难道也不喜欢威尔逊？”

出乎意料的是，回答这个问题的人是末特尔。因为我们的谈话不小心让她听到了，而她的回答却十分粗暴和无礼。

“你看吧！”凯瑟琳有些得意地说道，随后她再次放低声音，悄悄对我说，“其实，阻隔他们走到一起、不能结婚的原因，是汤姆的老婆。那个女人是个天主教徒，天主教徒是不能容忍离婚的。”

黛西并不是天主教徒，因此，这个煞费苦心的谎言使我有点震惊。

“哪天他们结了婚，”凯瑟琳接着说，“他们准备到西部去住一些时候，等风波过去再回来。”

“更稳妥的办法是到欧洲去。”

“哦，你喜欢欧洲吗？”她出其不意地叫了起来，“我刚从蒙的卡罗①回来。”

“真的吗？”

“就在去年，我和另外一个姑娘一起去的。”

---

①世界著名的赌城。

"你们在那边待得挺久吧？"

"没有，我们只到了蒙的卡罗，还没去其他地方就匆匆回来了。当时我们是从马赛[1]出发去的。为了这次旅行我们准备了一千二百多美元当作经费，可是到了蒙的卡罗，才两天就在一个小赌场里被人给骗得身无分文，后来我们在返回的途中吃尽了苦头。真是想想都感到郁闷，我恨那座城市，再也不想去了。"

窗外，天空在夕照中显得格外柔和，像蔚蓝的地中海一样。这时，麦基太太尖锐的声音把我唤回到屋子里来。

"我差点也犯了错误，"她精神抖擞地大声说，"我差点嫁给了一个追了我好几年的犹太小子。我知道他配不上我，大家都对我说：'露西尔，那个人比你差远了。'可是，如果我没碰上切斯特，他保准会把我搞到手的。"

"是的，不过我还是要说，"末特尔一边说着，一边做出摇头感慨的样子，"还好你最后没有嫁给他啊。"

"我很确定我没有嫁给他。"

"但我，我却嫁给了他，"末特尔模棱两可地说，"这可能就是我们两个人不一样的地方。"

"为什么呢？你既然现在这么后悔，那为什么当初要嫁给他呢，末特尔？"凯瑟琳言辞犀利地质问道，"又没有别人逼你结婚。"

末特尔沉默了，她在思索。

"我嫁给他，是因为我以为他是个上等人，"她最后说，"我以为他还有点教养，不料他连给我提鞋都不配。"

---

①法国第三大城市和最大海港。

“你有一阵子爱他爱得发疯。”凯瑟琳说。

“爱他爱得发疯？”末特尔不相信地喊道，“谁说我爱他爱得发疯啦？我从来没爱过他，就像我没爱过那个人一样。”

她突然指着我，于是大家都用责备的目光看着我。我竭力做出一副与我无关的样子，表示我并没指望什么人爱我。

“我这辈子只做过一件疯狂的事，就是和他结婚。结婚之后我很快就发现我和他结婚是一件错事。在婚礼上，他穿的衣服是找别人借来的，最可气的是，他从来没有告诉过我，还一直瞒着我。后来，有人来找我要衣服，那天他不在家，我才知道这件事。‘哦，这是你的衣服吗？’我说，‘我也是第一次知道哩。’我虽然很生气，但还是把衣服还给了别人，然后我一个人躺在床上哭了整整一个下午。”

“她实在应当离开他，”凯瑟琳又跟我说下去，“他们在汽车行楼顶上住了十一年了。汤姆还是她第一个相好的哩。”

威士忌上来了——第二瓶了。大家都喜欢喝酒，拿到手就喝得停不下来，除了凯瑟琳，但她就算什么酒都不喝，照样也能感到飘飘然。汤姆起身去按了按门铃，门口开门的人立马过来了，汤姆让他去拿一种很有名气的三明治，可以当作晚餐食用。我想到外面去，在柔和的暮色中向东朝公园走过去，但每次我起身告辞，都被卷入一阵刺耳的争执中，结果就仿佛有绳子把我拉回到椅子上。然而我们这排黄澄澄的窗户，高踞在城市的上空，一定给暮色苍茫的街道上某位观望的过客增添了一点人生的秘密，同时我也可以看到他的样子——一面在仰望，一面在寻思。我既身在其中又身在其外，对人生的千变万化既感到陶醉，同时又感到厌恶。

末特尔把她的椅子往我这边移了移，她那吐出的热气忽然向着我喷来，接着便自顾自地对我讲起了她是怎么和汤姆认识的。

“事情发生在两个面对面的小座位上，就是火车上一向剩下的最后两个座位。我上纽约去看我妹妹，在她那儿过夜。他穿了一身礼服，一双漆皮鞋，我就忍不住老是看他，可是每次他一看我，我只好假装在看他头顶上的广告。我们走进车站时，他紧挨在我身边，他那雪白的衬衫蹭着我的胳膊，于是我对他说，‘你再这样信不信我会叫警察来’，但是他却很明显地看出我在说着言不由衷的话。我当时也不知道怎么的就对他神魂颠倒了，跟他进了一辆出租车，我还以为是上了地铁呢。而我的脑海里就只是不停地想着一句话：‘你又不能长生不死。’”

她说完又回头转向麦基太太，虽然屋子里都是她的笑声，但怎么听都不自然。

“亲爱的，”她喊道，“我这件衣服穿过之后就送给你。明天我得去另买一件。我要把所有要办的事情开个单子。按摩、烫发、替小狗买条项圈，买一个那种有弹簧的、小巧玲珑的烟灰缸，还要给妈妈的坟上买一个挂黑丝带的假花圈，可以摆一个夏天的那种。我一定得写个单子，免得我忘掉要做哪些事。”

不知不觉已经九点钟了，过一会儿，我再看手表时已经到十点了。麦基先生困得倒头在椅子上就睡着了，两只手规规矩矩地握着拳头，将其放在两条大腿上，就像一个活动家定格的照片。我慢慢走过去，从怀里掏出一张手帕，终于把那张脸上已经干掉的肥皂泡擦掉了，看着它可真让我难受了一下午。

小狗坐在桌子上，两眼在烟雾不清的空气中盲目地张望，不时轻轻地哼着。屋子里的人一会儿不见了，一会儿又重新出现，他们在商量去哪里玩，然后聊着聊着就找不到人了，就又到处寻找着，结果发现彼此近在咫尺。快到半夜的时候，汤姆·布坎农和威尔逊太太面对面站着争吵，声音很激动，而他们争吵的内容是威尔逊太太能不能叫黛西的名字。

“黛西！黛西！黛西！”威尔逊太太大喊大叫，“我什么时候想叫就叫！黛西！黛……”

她把汤姆·布坎农惹恼了，一巴掌打过去，动作之快让威尔逊太太都没有反应的时间，打到了她的鼻子上。

接着，浴室满地都是血淋淋的毛巾，只听见女人骂骂咧咧的声音，同时在一片混乱之中，还夹有断断续续痛楚的哀号。麦基先生被这激烈的争执吵醒了，迷迷糊糊地站起来往门口走去，走了几步，又回过神来转身看向屋里的景象后呆住了——麦基太太和凯瑟琳一边在骂着汤姆，一边在不停地哄着末特尔，手里还拿着急救用的东西，在一片拥挤的家具中踉踉跄跄地忙活着。沙发上面还有一个人躺着，鼻子正在流着血，还不忘把《纽约闲话》铺在织锦椅套上面。麦基先生看了看，心里有了个大概的了解，没有去参与其中，转身继续向着门外走去。我把帽子从灯架上面摘下，也紧随其后走出门。

“改天过来一道吃午饭吧。”在电梯里慢慢悠悠地往下走的时候，他提议说。

“什么地方？”

“随便什么地方。”

“不要碰电梯的开关。”开电梯的工人冷漠地说。

“不好意思。”麦基先生神气十足地回应，“我并不知道我是不是碰了。”

“那好，”我表示同意，“改天我们一起吃饭。”然后我在麦基家里待了一会儿，我在麦基卧室的床边站着，而他在两层床单中间坐好，他的上身只穿了一件贴身的衣服，把他的相片簿拿出来，给我看他的艺术品。

“《美人与野兽》……《寂寞》……《小店老马》……《布鲁克林大桥》……”

后来我离开他家，一个人在寒困交加的时候待在宾夕法尼亚车站的候车室，一边翻看着新出来的报纸《论坛报道》，一边静静等候凌晨四点回西卵的火车。

点评：

尼克是一个旁观者，是一个特殊的旁观者，既身在其中又脱离其外。二十世纪二十年代的美国，是一个物欲横流的时代，上流人士，就如同汤姆，过着纸醉金迷的生活，堕落在无边的欲望中。

不论你是有意还是无心，大背景的格局下谁都逃不了，而要想在这片混沌中保持理智，保持着正确的三观，非毅力强大之人不可为。

第三章　盖茨比的邀请

纸醉金迷或许是对上层人士的生活最好的解释，盖茨比是否也和那类人一样？盖茨比邀请尼克的真实目的是什么？或许不只是热情好客那么简单。盖茨比一次又一次举办晚会的用意是什么？或许也不是沉迷享乐那么浅显。

这个夏天每到夜晚，都会有音乐声从盖茨比家响起。我不知道往年是不是都会有这样的活动，但至少我现在看见的这一切——在一个装饰得典雅端庄的蓝色花园里，人们大声地谈笑着，亲密得像是多年不见的老朋友；天空中繁星点点，年轻人或者爱热闹的人，在酒水香槟之间来回穿梭。下午涨潮的时候，我看着他的客人在他的木筏跳台上跳水，或是躺在他私人海滩的沙土上晒太阳，同时他的两艘小汽艇破浪前进，拖着滑水板驶过翻腾的浪花。

每逢周末，他的罗尔斯·罗伊斯轿车就成了公共汽车，从早晨九点到深更半夜往来于城里接送客人，不单是这个，连他旅行用的车子也像是变成了一只黄色的甲壳虫，前往各个火车站接远道而来的朋友。而宴会结束的每个周一清晨，盖茨比家的八个用人再加上一个临时请来的园丁，就会早早地到门前等候。随着管家的一声令下，一场需要忙碌一整天的清扫大战就展开了，各式各样的工具都用上了，板刷、锤子、拖把，还要用剪刀修剪枝丫，风风火火地收拾周末留下的残局。

每星期五，五箱橙子和柠檬从纽约一家水果行送到。每星期一，这些橙子和柠檬变成一座果皮堆成的小金字塔从他的后门运出去。他厨房里有一架榨汁机，半小时之内可以榨两百只橙子，只要男管家用大拇指把一个按钮按两百次就行了。

我看见城里负责包办宴席的人至少每过两周来这里一次。每次不是一两个人随便弄点花花草草了事，他们是一大批人一起出动，带着几百英尺长的帆布帐篷和数不胜数的彩灯，把盖茨比那大得离谱的花园点缀得像一棵精美华丽的圣诞树。自助餐桌上各种各样的食物让人眼花缭乱，有样式别致的冷盘，有奇形怪状的色拉裹着一只只火腿，还有烤得熟透了的乳猪，以及金黄欲滴的火鸡。大厅里面，设起了一个装着一根铜杆的酒吧，备有各种杜松子酒和烈性酒，还有各种罕见的甘露酒，大多数女客年纪太轻，根本分不清哪个是哪个。

七点以前乐队到达，绝不是什么五人小乐队，而是配备齐全的整班人马，双簧管、长号、萨克斯管、大小提琴、短号、短笛、高低音铜鼓，应有尽有。最后一批在浅水里游泳的客人也已经上岸了，他们在楼上更换衣服。纽约来的客人把轿车停在街道上，五辆车一排。室内大厅、客房、楼上阳台也装饰得五彩斑斓，女性客人们的头发束得争奇斗艳，披的纱巾更是卡斯蒂尔①人做梦

①西班牙一地区，以产头巾出名。

也想不到的材质。酒吧那边生意兴隆，同时一盘盘鸡尾酒传送到外面花园的每个角落，到后来，整个空气里充满了欢声笑语，充满了脱口而出、转眼就忘的打趣和介绍，充满了彼此始终不知姓名的太太们之间亲热无比的相会。

太阳渐渐下山了，盖茨比的聚会还在进行着，天色变暗，灯光倒是显得更加明亮了。此时，乐队欢乐地演奏着鸡尾酒会音乐，大家不由自主地开始了大合唱，随着气氛的火热，人声也不时地一个个提高着音调。笑声每时每刻都变得越来越容易，毫无节制地倾泻出来，只要一句笑话就会引起哄然大笑。人群的变化越来越快，忽而随着新来的客人而增大，忽而分散后又立即重新组合。有那么一些人在到处游走——活泼开朗的年轻姑娘在别人固定的小圈子里进进出出，打着招呼。一下子又出现在人群的中心聚集处，成为闪亮的焦点，一下子又面带得意地出现在五彩斑斓的灯光下，音容笑貌在彩灯下不断变化着，直到最后扬长退去。

忽然间，有一个像是吉卜赛人的姑娘满身珠光宝气，一伸手就抓来一杯鸡尾酒，一口喝下去，壮壮胆子，然后手舞足蹈，一个人跳到篷布舞池中间去表演。片刻的寂静，乐队指挥殷勤地为她改变了拍子，随后突然响起了一阵叽叽喳喳的说话声，因为有谣言传开，说她是速演剧团的吉尔德·格雷①的替。至此，晚会正式开始了。

那天晚上，第一次去盖茨比家参加晚会的时候，我很确

---

①吉尔德·格雷，名噪一时的纽约舞星。

定我是那为数不多的真正有盖茨比请柬的人。我知道晚会上的人都不是受到邀请来的，基本都是自己跟着过来的。这些客人从其他地方来到长岛，不知道什么原因就出现在了盖茨比的家里。到了这里之后，要是有遇到真正认识盖茨比的人，就会热情地向其他人进行介绍，闲聊过后，大家的言谈举止就又会像待在娱乐场所一样。很多时候，客人来参加一次晚会，都没能见到盖茨比，但是他们怀着真心诚意到来，就足以是一张入场券了。

我确实是受到邀请的。那个星期六清早，一个身穿蓝绿色制服的司机穿过我的草地，为他主人送来一封措辞非常客气的请柬，上面写着，如蒙我光临当晚他的“小小聚会”，盖茨比当感到不胜荣幸，他已经看到我几次，并且早就打算造访，但由于种种特殊原因未能如愿。结尾是杰伊·盖茨比的签名，笔迹很神气。

到了晚上七点，我穿上了一件白色法兰绒便装就出门了。走在盖茨比家碧绿的草坪上，我感到有些不自在，身边都是些不熟悉的人在走动着，当然也有一两个见过的面孔，但那只是在火车上匆匆留下的一点印象。我马上注意到客人中夹着不少年轻的英国人：个个衣着整齐，个个面有饥色，个个都在低声下气地跟殷实的美国人谈话。我敢说他们都在推销什么——或是债券，或是保险，或是汽车。他们深信不疑地想着——只要说动了这些有钱人，就会有金钱飞到自己的口袋里，所以不厌其烦地重复着那谄媚的动作。

我一到之后就设法去找主人，可是问了两三个人他在哪里，他们都大为惊异地瞪着我，同时矢口否认知道他的行踪，我只好悄悄地向供应鸡尾酒的桌子溜过去——在这个偌大的花园里，也只有这个地方能够让我这个单身汉容身，不至于感到无聊和显得孤独。

我无聊地看着灯光下的人们，觉得没什么意思，还不如在这里喝个痛快，也算没有白来。这个时候，大厅的里屋走出来一个人，是乔丹·贝克。她没有参与热闹的想法，就那样站在大理石台阶的最高一级，身体是一个略微向后仰着的姿势，用一种高高在上的眼神扫视着整个花园。

不管人家欢不欢迎，我觉得实在非依附一个人不可，不然的话，我恐怕要跟过往的客人寒暄起来了。

“你好！”我大喊一声，朝她走去。我的声音在花园里听上去似乎响得很不自然。

“我猜你会来的，”等我走到跟前，她心不在焉地道，“我记得你住在隔壁……”

她并不热情地拉了拉我的手，表示现在没有想要和我说话的意思，对我说待会儿再聊。然后同两个站在台阶下的身穿淡黄色连衣裙的女孩交谈起来。

“你好！”她们一起开口打着招呼，“可惜了，你没有赢下比赛。”

她们指的是高尔夫球的比赛，上个星期贝克参加了决赛，遗憾的是，没能在决赛中获胜。

“你不知道我们是谁，”两个穿黄衣的姑娘中的一个说，“可是大约一个月以前我们在这儿见过面。”

“噢，你们后来染过头发了。”乔丹说。我听得暗暗惊讶：乔丹·贝克也有对人这么上心的时候？在她说这句话的时候，那两个黄色连衣裙女孩已经找其他好玩的事去了，没有再待在这里。因此她的这句话，也只有说给早早就升起的月亮听了。月亮刚出现在天空，包办酒席的人就从手里的菜篮里把酒菜拿了出来。乔丹用她那纤细的、金黄色的手臂挽着我的手臂，我们走下了台阶，在花园里闲逛。一盘鸡尾酒在苍茫的暮色中飘到我们面前，我们就在一张桌子旁坐下，同座还有那两个穿黄衣服的姑娘和三个男的，将对方介绍给我们的时候名字全含含糊糊一带而过。

“你经常来这里参加盖茨比的晚会吗？”贝克问旁边一个女孩。

“没有，我上次看见你的时候，是我第一次参加。”那个女孩回答道，声音给人感觉纤细而豪爽。她转过头对她朋友说：“你呢，露西尔，也是这样吗？”

露西尔点点头笑了笑，表示她们是一样的。

“我喜欢来这种聚会，”露西尔说，“我从来不在乎干什么，只要我玩得痛快就行。上次来这里，我把衣服在椅子上撕破了，他让管家问了我的姓名、住址——不出一个星期我收到克罗里公司送来一个包裹，里面是一件新的晚礼服。”

“那你收没收下？”乔丹·贝克问。

“我为什么不收下，现在还放在家里没穿过呢，本来我想今天就拿来穿来着，结果一试发现胸口太大，要改了才适合我穿，衣服是淡蓝色的，镶着淡紫色的珠子。二百六十五美元呢！”

“一个人肯干这样的事真是有点古怪，”另外那个姑娘热切地说，“他不愿意得罪任何人。”

“你们指的是谁？”我有点不确定地问。

“盖茨比。我听说……”

她们三个神神秘秘地靠在一起，小声说着。

“有人私下跟我说，他以前杀过人。”

我们感到不可思议，那位坐在一起的先生也凑了过来，聚精会神地听着。

“可我不相信有这回事，”露西尔不置可否地说，她说出了自己的想法，“我认为很可能盖茨比曾经在德国当过间谍。间谍你们知道吧？就是被抓住了就会被杀死的那种。盖茨比做过这么危险的事，有传言说他杀过人也可以理解。”

三个男的当中有一个点头表示赞同。

“我也听一个人这样说过，这人对他一清二楚，是从小和他一起在德国长大的。”他肯定地告诉我们。

“噢，不对，”第一个姑娘又说，“不可能是那样的，因为大战期间他在美国军队里。”由于我们听信她的话，她又兴致勃勃地把头伸到侧面说着，“你只要在他不注意你的时候看他一眼，他身上那种冷静得像个士兵一样的肃杀感，我敢肯定，你也会相信他杀过人。”

说到这儿，脑海中仿佛有个杀人恶魔的形象渐渐清晰起来，她眼睛微微眯起，浑身害怕得发抖。露西尔感同身受，也在发抖。我们下意识地向四周望来望去，看盖茨比会不会出现。那个时候的人们，已经对这个世界没有什么忌讳了，但是说到盖茨比却这样小心翼翼，这也可以反映出盖茨比这个人是多么富有传奇色彩。

这是第一顿晚饭——午夜后还有一顿。这会儿，乔丹邀我去花园那边，围着一张桌子坐着，她的一伙朋友坐在一起。一共有三对夫妇，外加一个陪同乔丹来的男大学生，此人有着强烈的占有欲，说话总是话里有话，很明显地表现出乔丹·贝克早晚会是他的人。这群人不到处闲逛，而是正襟危坐，自成团体，并且俨然自封为骄傲的农村贵族的代表——东卵屈尊光临西卵，还小心翼翼提防融入那西卵人群灯红酒绿的欢乐。

“我们去其他地方吧！”乔丹小声对我说，我们在这里待了也有半个多小时了，“这儿实在是太安静了，我待不下去了。”

我们站起来告辞，说要去找房子的主人。因为我从来没有见过盖茨比，所以说这句话的时候，我感到很不适应。那个乔丹的朋友——男大学生点点头，默默地看着我们，不知道在思索着什么，神情不可一世，又带着点怅然若失。

我们先到酒吧间去张望了一下，那儿挤满了人，可盖茨比并不在那里。乔丹从台阶上向下看，找不到他，他也不在阳台上。我们怀着希望推开一扇很神气的门，走进了一间高高的哥特式图书室，四壁镶的是英国雕花橡木，很有可能是从海外某处古迹原封不动地拆过来的。

图书室里只有一个中年人，矮矮胖胖，满脸胡茬，带着一副宽大的猫头鹰样式的眼镜，一身酒气地坐在旁边一张红木桌子上，半醉半醒地盯着头上那一排排的图书。我们推开门走进去，那个人先是看向乔丹，仔仔细细地打量了一番。

“你觉得怎么样？”他冒冒失失地问道。

“关于什么？”

他把手向书架一扬：“关于那个。其实你也不必仔细看了，我已经仔细看过。它们都是真的。”

“这些书吗？”

他点点头。

“想不到啊，这些书都是真的——一页一页的，什么类型的书都能找到。我刚开始还以为这些书只是放在书架上的装饰品。其实啊，它们全都是真的，是真的书——等着！我这就去给你拿一本过来。”

他好像生怕我们不相信似的，急急忙忙地跑到一排书架前，看看这，看看那，挑了一本《斯托达德演说集》①。

“瞧！”他得意扬扬地嚷道，“这是一本地地道道的印刷品。它真把我蒙住了。这家伙简直是个贝拉斯科②。真是巧夺天工，多么一丝不苟！多么逼真！而且知道见好就收——并没裁开纸页。你还要怎样？你还指望什么？”

我还没来得及细看，紧接着他就自顾自地从我手里拿走了那本书，又急急忙忙地放回了书架上，还神神道道说着，假如这里被动了一块砖头，那么整个图书室就会毁灭。

---

①约翰·斯托达德，美国演说家，著有《斯托达德演说集》十卷。

②大卫·贝拉斯科，美国舞台监督，以布景逼真闻名。

“你们怎么来的？”他稍微清醒一点了，“或是你们自己来的？我是有人带我来的，这里大部分的人都是别人带来的。”

乔丹很机灵，很高兴地看着他，但并没有答话。

“我是一位姓罗斯福的太太带来的，”他接着说，“克劳德·罗斯福太太。你们认识她吗？我昨天晚上不知在什么地方碰上她的。我已经醉了个把星期了，我以为在图书室里坐一会儿可以醒醒酒的。”

“有没有醒？”

“醒了一点，我想。我还不敢说。我在这儿刚待一个钟头。我跟你们讲过这些书吗？它们都是真的，它们是……”

“你已经说过了。”

我们一本正经地跟他握了握手，然后退出了图书室。

外面的花园里，客人们都在兴高采烈地跳着舞。我看见有年纪大一点的人推着年轻的女孩向后退，这是一种舞蹈，脚下还在画圆，只不过显得不太优美。有傲慢的男男女女相互抱着，跳一种比较流行的舞蹈。还有一些看起来应该是单身的女孩，形成一个特殊的角落，跳着单人舞，或有人上乐队击打乐器，或有人弹奏班卓琴。到了午夜时分更是热闹。有一位著名的男高音唱了意大利文歌曲，还有一位名声不太好的女低音唱了爵士乐曲，在两个节目之间还有人在花园里到处表演“绝技”，一阵阵欢乐而空洞的笑声响彻夏夜的天空。一对双胞胎——原来就是那两个黄衣姑娘——演了一出化装的娃娃戏，同时香槟一杯杯地被端出来，杯子比洗手指用的小碗还要大。月亮升得更高了，星海中的海湾里漂着一架银色的三角形天平，随着草坪上班卓琴铿锵的琴声微微颤动着。

我还是和乔丹·贝克待在一起，因为我也不认识其他人。我们这一桌还有两个人：一个男子和我年龄相仿，以及一个调皮闹腾的小女孩——她总是笑得很开心，不管发生什么，她都会笑个不停。我也渐渐适应了不少，不像之前那样太过无聊，也玩得十分高兴。不知不觉我喝了两大杯香槟，有些醉意，眼前的一切给了我一种捉摸不透、似真似幻的飘然感。

在文娱节目中场休息的时候，那个男的看着我微笑。

“您很面熟，”他很客气地说，“战争期间您不是在第一师吗？”

“没错，我正是在步兵二十八连。”

“我在步兵十六连，我一直待到一九一八年六月，我就说好像在哪里见过你。”

我们聊到了以前的事，那些天色暗淡、阴雨绵绵的小村庄。我想他应该就住在附近不远，因为他跟我说，邀请我明天早晨去试飞新买的水上飞机。

“愿意跟我一块儿去吗，老伙计？就顺着海湾岸边转转。”

“什么时候？”

“随便什么时候，你方便就行。”

我想问他的名字的话已经到了嘴边，这时乔丹掉转头朝我一笑。

“现在玩得快活吧？”她问。

“我感觉好了很多。”我说，又转过头对这个新认识的男人说，“我今天参加的这个晚会，是我最奇怪的一次晚会，因为我到现在连聚会的主人都没见到呢。我就住在那里……”说着我用手指了指不远处那座篱笆小屋，“今天早晨，盖茨比先生让他的司机送给我请柬，然后我就来了。”

他认真地盯着我看，神色有些古怪。

“我就是送给你请柬的人。”

“什么！”我叫了一声，“噢，真对不起。”

“我还以为你知道哩，老伙计。我恐怕不是一个很好的邻居。”

他心领神会地一笑——还不止心领神会，这极为罕见的笑容，其中含有恒久的善意的表情，你一辈子也不可能遇见第二次。他的笑容——似乎是笑容——对着整个世界笑的一刹那，然后就永恒地凝注在你身上，对你表现出不可抗拒的偏爱。他了解你恰恰到你本人希望被了解的程度，相信你如同你乐于相信你自己那样。并且让你感到安心——让你觉得他对你的印象就是你最想要在别人心里留下的印象。我在惊讶于这一笑的时候，等我回过神来，他的笑容也消失了，又恢复了一个气质不凡、三十一二的年轻男子形象。他说话像个学者文人，和他当过兵的经历有点不大一样。我心里暗自发笑，在还未知道他的身份之前，听他说话我就觉得他是一个严谨的人。

差不多在盖茨比先生说明自己身份的那一刻，一个男管家急急忙忙地跑到他跟前，向他报告说芝加哥有长途电话找他。他微微欠身道歉，向我们大家——包括我在内。

“你想要什么尽管开口，老伙计，”他恳切地对我说，“对不起，过会儿再来相陪。”

他走开之后，我马上转向乔丹——迫不及待地要告诉她我感觉到的惊异。我本来以为盖茨比先生是个红光满面、肥头大耳的中年人。

“你知道他是谁吗？”我还算镇定地问她，“我很好奇。”

“他不就是盖茨比吗！”

“我是想说，他来自哪里？是干什么的？”

“你怎么也对他的八卦感兴趣了，”她皱了皱眉，笑着说，“我想起来了，他说在牛津大学上过学。”

我以为马上就可以了解盖茨比的背景来历了，可乔丹·贝克又立马给我泼了盆冷水。

“但是，我是不会相信他的话的。”

“为什么？”

“我不知道，”她固执地说，“我就是不相信他上过牛津。”

她的语气使我想起另外那个姑娘说的“我想他杀过一个人”，结果激发了我的好奇心。说盖茨比出身于路易斯安那州的沼泽地区也好，出身于纽约东城南区①也好，我都可以毫无疑问地接受，因为那是可以理解的。但是对于年纪轻的人来说不可能——至少我这个孤陋寡闻的穷人认为他们不可能——不可能从什么地方悄悄地出现，在长岛海湾买下一座宫殿式的别墅。

“你不用知道那么多事情，你就只需要知道他这个人喜欢举

---

①贫民窟。

办大型的宴会就好了，”乔丹现在像一个城里人一样，闭口不谈那些细微的琐事。因此，她换了一个话题，“正好我这个人热衷于参加大型宴会，会让人感到人与人之间的亲切。但如果是小型宴会的话，就不能这样畅所欲言地谈心了。”

花园里乐队的鼓声响起，传来了乐队指挥的声音，那声音大得盖过了现场的喧闹。

“女士们，先生们，”他大声说，“应盖茨比先生的要求，我们现在为各位演奏弗拉迪米尔·托斯托夫先生的最新作品，这部作品曾经五月里在卡内基音乐厅引起许多人的注意。各位看过报纸的就知道那是轰动一时的事件。”他带着轻松而居高临下的神气微微一笑，又说，“可真是轰动！”这句话引得大家都放声大笑。

“下面我们将为大家带来这首曲子，”然后他用了最洪亮的声音，大声说，“它的名字就是——《弗拉迪米尔·托斯托夫的爵士音乐世界史》。”

我的注意力并没有在《弗拉迪米尔·托斯托夫的爵士音乐世界史》这首曲子上，因为乐队一开始演奏的时候，我看见盖茨比一个人在阳台上站着，看着聚会的客人，眼里散发着心满意足的神情。他那晒得黑黑的皮肤很漂亮地紧绷在脸上，他那短短的头发看上去好像每天都修剪似的。我看不出他身上有什么诡秘的迹象。我纳闷是否他不喝酒这个事实有助于把他跟他的客人们截然分开，因为我觉得随着融为一团的欢闹气氛的高涨，他却变得越发端庄了。乐队把《弗拉迪米尔·托斯托夫的爵士音乐世界史》演奏完毕，现场更火热了。有些女孩故意装醉地靠在男人的肩膀上，还有些女孩更是肆无忌惮地倒在男人的怀抱里，或者故意往人群倒去，因为她们知道一定会有人接住自己的。可我发现这一切都和盖茨比没有关系，没有人倒在他的怀里，没有人向他肩头靠去，就连唱歌跳舞的客人也不会去邀请他。

“对不起。”

盖茨比的男管家忽然站在我们身旁。

“贝克小姐？”他问道，“对不起，盖茨比先生想单独跟您谈谈。”

“找我的？”她惊讶地说。

“是的，贝克小姐。”

她慢慢地站了起来，惊愕地对我扬了扬眉毛，然后跟着男管家向房子走去。我注意到她穿的晚礼服，穿所有的衣服，都像穿运动服一样——她的动作有一种矫健的姿势，仿佛她小时候就是在空气清新的早晨在高尔夫球场上学走路的。

现在又变成了我一个人的宴会，我看了看时间，差不多快两点了。我也不知道待了多久，突然楼上阳台的那一排排窗户中，有一间屋子中传来杂乱的叽叽喳喳的声音。是和乔丹一起来的那位男大学生，他正在和两个善于跳舞的女人谈论生孩子怎么接生，看见了我，叫我也去加入他们的话题。我没有去，找个借口离开了花园，进了室内。

大厅里面到处都是人，一个穿着黄色衣服的女孩——是之前见过的那两位中的一个，在那里弹奏钢琴。和她配合的是一个身材高挑的红发少妇，来自一个比较有名气的歌舞团，在唱着动听的歌。她已经喝了大量的香槟，在她唱歌的过程中她又不合时宜地认定一切都非常悲惨——她不仅在唱，而且还在哭。每逢曲中有停顿的地方，她就用呜呜咽咽的哭声来填补，然后又用震颤的女高音继续去唱歌词。眼泪沿着她的面颊往下流——可并非畅通无阻地流，因为眼泪一碰到画得浓浓的睫毛之后就变成了墨水，像两条黑色的小河似的慢慢地继续往下流。有好事的人开着玩笑说，让她唱一下脸上的那些黑色音符来听听，红发妇女听见这话，两手往上一扬，顺势倒在椅子上，醉醺醺地睡着了。

“刚才有一个人自称是她的丈夫，过来和她吵了一架。”我旁边的一个女子解释说。

我向大厅看了一圈，现在还剩下的女性客人，大多都在和那所谓的丈夫骂骂咧咧。甚至乔丹的那一伙朋友，来自东卵的那四个人，也因为意见分歧，不欢而散。男的当中有一个正劲头十足地跟一个年轻的女演员交谈，他的妻子起先还保持尊严，装得满不在乎，想一笑置之，到后来完全忍不住了，就采取侧面攻击——不时突然出现在他身边，像一条响尾蛇愤怒时口腔里发出咝咝声一般，对着他的耳朵从牙缝里挤出一句话：“你答应过的！”

不想回家的不只是放浪形骸的男性客人。大厅里现在有两个没有醉意的男性客人和两个怒火中烧的女性客人，这两位女性客人是他们的太太。两位太太提高了一点声音，在表达对各自的同情。

“每次我玩得正开心的时候，他就要我回家。”

“我还没见过这么自私的丈夫。”

“对，而且我们都是最先离开宴会的。”

“我们都一样。”

“不过，今晚我们几乎是最后的了，”两个男的中的一个怯生生地说，“乐队半个钟头以前就走了。”

尽管两位太太一致认为丈夫实在是心肠太狠，简直让人生气。但这场纠纷终于在一阵短短的打斗中结束，两位太太都被丈夫抱了起来，两腿在空中乱踢，消失在黑夜中。

就在我去走廊拿我的帽子的时候，吱呀一声，图书室的门突然打开，是盖茨比和乔丹·贝克出来了。盖茨比最后还在对乔丹交代着什么，旁边走过来几个人向他告别离去，盖茨比的态度一改最开始的热情，变得比较拘束、谨慎地回应着。

乔丹的那伙朋友在那边焦急地招呼她该走了，可她还是逗留了一会儿，最后才和我握手离去。

“我知道了一件了不得的事情，”她欲言又止，“我在里面待了多长时间？”

“有一个小时了吧。”

“这事……太惊人了，”她出神地重复说，“可是我发过誓不告诉别人，而我现在已经在勾起你的好奇了。”她对着我的脸轻轻打了个哈欠，“有空请过来看我……电话簿……西古奈·霍华德太太名下……我的姑妈……”她一边说一边匆匆离去——她活泼地挥了一下那只晒得黑黑的手以示告别，然后就消失在门口她的那伙人当中了。

我感到有点不太好意思，毕竟第一次来参加他的宴会就待到这么晚才回去。于是走到了盖茨比那边，那里也还剩下最后几位客人。我想向他解释，刚开始我有找过他，并且准备为没有认出他来的事情道歉。

“没有关系，”他恳切地嘱咐我，“别放在心上，老伙计。”这个亲切的称呼还比不上非常友好地拍拍我肩膀的那只手所表示的亲切，“别忘了明天早上九点我们要乘水上飞机上天哩。”

男管家走了过来，站在盖茨比身后说。

“先生，有一个费城的电话找您。”

“好的，我知道了，告诉他们我就来。晚安，尼克！”

“晚安！”我回道。

他冲我微微一笑，又对我说了一句晚安。那笑容饱含其他我不知道的意思，不像是对一个普通客人的笑。我待到了最后才走，我好像突然明白了什么，盖茨比仿佛是故意留我到最后，这也正是他希望看到的。

可是，当我走下台阶时，我看到晚会还没有完全结束。离大门五十英尺处，十几辆汽车的前灯照亮了一个不寻常的、闹哄哄的场面。在路旁的小沟里，右边向上，躺着一辆新的小轿车，可是一只轮子被撞掉了。这辆车离开出盖茨比的车道还不到两分钟，一堵墙的突出部分是造成车轮脱落的原因。现在有五六个好奇的司机在围观，可是，由于他们的车子挡住了路，后面车子上的司机已经按了好久的喇叭，一片刺耳的噪声更增添了整个场面本来就很严重的混乱。

从撞坏的车子里出来一个身穿黑色风衣的男子，无辜地站在大路上，看看车子的轮胎，又看看周围看热闹的人，脸上带着迷迷糊糊又有些兴奋的表情。

“你们快看，”他呼喊道，“车子竟然会掉沟里。”

这么危险的事在他看来却是一件惊讶的趣事。我最先听出来了这个声音，再仔细一看，更确定是谁了——就是先前在图书室喝得醉醺醺说要醒酒的那个人。

“怎么回事？”有人问。他无所谓地耸了耸肩。

“我怎么知道：我对机械的东西完全不懂。”

“到底怎么搞的？你撞到墙上去了吗？”

“别问我，”“猫头鹰眼”说，把事情推脱得一干二净，“我不大懂开车——几乎一无所知。我就知道事情发生了。”

“既然你的车技不太好，那你晚上还开什么车。”

“可是我连车子启动都没有启动过，”他气呼呼地说，“我以前连试着开车都没有试过啊。”

旁观的人听了都惊愕得说不出话来。

“你想自杀吗？”

“幸亏只是一只轮子！开车开得不好，还没试过！”

“你们不明白，”他试图解释说，“我没有开车。车子里还有一个人。”

这句话引起一阵躁动，大家更是议论纷纷，伴随着一连串的“噢……啊……啊”了然的声音。与此同时，被撞的那辆小车的门打开了，大家被吓了一跳，不由自主地后退了一步。车门打开后，似乎有阴森森的气息，空气都好像停顿了一下，接着大家就看见，在路灯的照射下，似有似无地从车里走出来一个摇摇晃晃、脸色惨白的人。他先伸出一只穿着大舞鞋的脚试探地面的虚实，然后才整个身子钻了出来。

这位幽灵被汽车前灯的亮光照得睁不开眼，又被一片汽车喇叭声吵得糊里糊涂的，站在那里摇晃了一会儿才认出那个穿风衣的人。

“怎么啦？”他镇静地问道，“咱们没汽油了吗？”

“你瞧！”

五六个围观的人都用手指着地上那脱落的轮胎——他瞪了轮胎两眼，接着又看看天空，好像是在想：轮胎是怎么从天上掉下来的？

“轮子掉下来了。”有一个人解释说。他点点头。

“起先我还没发现咱们停下来了。”

他稍稍平静了一会儿，深吸一口气，对着四周中气十足地说：“有谁知道加油站在哪里，告诉我一下！”

周围的人一听这话，就知道他还在犯糊涂，围上来至少五六个人，认认真真地向他解释：车轮掉了，车子已经不能开了，就算加满油也没用。

“那就倒车，”他想了想，似乎觉得自己想出了解决办法，“用倒车挡。”

“可是车子的车轮掉了。”有人劝着。

他稍稍迟疑了一下。

“试一试也没什么要紧的。”他顽固地说。

汽车喇叭的尖声怪叫达到了高潮，于是我掉转身，穿过草地回家。我回头望了一眼，一轮明月正照在盖茨比别墅的上面，使夜色跟之前一样美好。明月依旧，而欢声笑语已经从仍然光辉灿烂的花园里消失了。一股莫名的空虚此刻好像从那些窗户和巨大的门里流出来，使主人的形象处于完全的孤立之中，他这时站在阳台上，举起一只手做出正式告别的姿势。

重新阅读一遍上面写的内容，可能你们会觉得，我在关注的事情已经过了好几个星期了。其实并不是这样，相反，我对这样的生活琐事的关注程度，远远不及对我自己私人生活的重视，哪怕过去了很长一段时间，这对我来说，也只不过是一个炎热而忙碌的夏天中发生的一些小事。

大部分时间我都在工作。每天清早，太阳把我的影子投向西边时，我沿着纽约南部摩天大楼之间的白色裂口匆匆走向正诚信托公司。我跟年轻的债券推销员和其他的办事员混得很熟，和他们一起在阴暗拥挤的饭馆里吃午饭，吃点小猪肉香肠加土豆泥，喝杯咖啡。我还和一个女孩有过一段短暂的恋爱关系，她住在泽西城[①]那边，在一家会计师事务所上班。由于她的哥哥对我不满意，经常对我使坏，做些让我厌烦的事，于是我在

①在纽约市附近。

后来的某一天，趁她在七月份出去旅游的时候，和她结束了这段关系。

我一般在耶鲁俱乐部吃晚饭——不知道什么缘故，我觉得吃晚饭是我一天中最凄凉的事情——饭后我上楼到图书室去，花一个钟头认真学习各种投资和证券知识。同学会里往往有几个爱玩爱闹的人光临，但他们从来不进图书室，所以那里倒是个工作的好地方。我每次从图书馆里出来，如果外面天气比较好，我就会自己沿着麦迪逊路逛逛，一路上会经过那座古老的默里山饭店，然后可以穿过三十三号街，最后走到宾夕法尼亚车站，逛得差不多了就回家。

我开始喜欢纽约了，喜欢夜晚那种奔放冒险的情调，喜欢那川流不息的男男女女和往来车辆给应接不暇的眼睛带来的满足。我喜欢在五号路上溜达，从人群中挑出风流的女人，幻想几分钟之内我就要进入她们的生活，而永远也不会有人知道或者鄙视这件事。有时候，我会在脑海里幻想着和她们一起走到一个神秘的街道拐角处，跟着她们上楼进入公寓，她们会在门口对我嫣然一笑，然后才走进门内，关上门，逐渐消失在我看不见的视线里。在这座繁华城市的黄昏，我也偶尔会感到寂寞难耐，心里惆怅。但我觉得别人也是这样——橱窗前默默奋斗、潦倒的小职员，到了傍晚独自去到一个小饭馆吃一顿晚饭——穷困的小职员，虚度着城市的夜晚，这也是一种让人陶醉的时光吧！

有时晚上八点钟，四十几号街那一带阴暗的街巷挤满了出租汽车，五辆一排，热闹非凡，都是前往戏院区的，这时我心中就感到一种无名的怅惘。出租汽车在路口暂停的时候，车里边的人身子偎在一起，说话的声音传了出来，听不见的笑话引起了欢笑，点燃的香烟在里面营造了一个个模糊的光圈。我于是幻想着自己也匆匆赶去寻欢作乐，分享他们内心的激动，于是我暗自为他们祝福。

我已经很久没有再见乔丹·贝克了，还是之后在仲夏的闲暇时间我才又看见了她。刚开始的时候，我觉得陪着她到处逛逛是一件很有面子的事，因为认识她的人都知道她是一个冠军——高尔夫球冠军。后来时间久了，我对她有了一些感情，但我始终没有真正地爱上她，我对她产生了一种柔软的好奇心。因为我觉得她对世人摆出的那副厌烦而高傲的面孔掩盖了点什么——大多数装模作样的言行到后来总是在掩盖什么，虽然起初并不如此——有一天我终于发现了那隐藏的是什么了。

当时我们一同到沃维克去参加一次别墅聚会。她把一辆借来的车子车篷不拉上就停在雨里，然后扯了个谎——突然之间我记起了那天晚上我在黛西家里想不起来的那件关于她的事。乔丹·贝克在之前参加的一场重要的高尔夫球锦标赛上，发生了一场风波，严重到差点被登上报纸。那件事是，乔丹在半决赛时，擅自把一个处在不利位置的球移动了，这件事是她的一个丑闻，不过后来被平息了。揭发她的球童收回了乔丹作弊的话，另一个证人也说当时没看清，误会了。不过这件事却一直深深地留在我的脑海里，作弊和乔丹·贝克。

乔丹·贝克本能地回避聪明机警的男人，现在我明白了，这是因为她认为，在对越轨的行动不以为然的社会圈子里活动比较保险。她不诚实到了不可救药的地步。她不能忍受处于不利的地位，既然这样不甘心，因此我想她从很年轻的时候就开始耍各种花招，为了对世人保持那个傲慢的冷笑，而同时又能满足她那壮实的、矫健的肉体的要求。

这对我来说不重要，我见怪不怪了，女人的不诚实，这是人们经常见到的事。我也只是稍微感到遗憾，但是过一会儿也就能忘了。还是那次参加的别墅聚会，我才重新认识了乔丹。当时她开车从几个工人身边过去的时候，我们之间有过奇怪的对话。起因是她开车离工人太近了，使得挡板泥碰到了工人衣服上的纽扣。

“你是个粗心的驾驶员，”我提出了抗议，“你该再小心点儿，要不就干脆别开车。”

“我很小心。”

“不对，你不小心。”

“不要紧，别人会小心就行了。”她轻轻地说。

“但是，别人小心不小心跟你开车有什么关系？”

“他们会躲开我的，”她固执地说，“要双方不小心才能造成一次车祸嘛。”

“假定你碰到一个像你一样不小心的人呢？”

“我希望永远不会碰到，”她答道，“我最讨厌不小心的人。这也是我喜欢你的原因。”

她那双灰色的、被太阳照得眯紧了的眼睛笔直地盯着前方，她想有意改变我们的关系，我也因此有那么一瞬间以为我真的爱上了她。但是由于我反应迟缓，加上脑海里都是仁义道德，它们都对我的情欲起到克制的作用，这时我更是清醒地认识到，我首先要做的事是，结束家乡那段姻缘纠葛。我基本上每周都会写过去一封信，落款签上“爱你的尼克”。我能想起的也就只剩下收信的那位姑娘，每次打网球，上嘴唇总是会出现一排胡子一样的小汗珠。不过确实有过一种含糊的默契，这必须先委婉地解除，然后我才可以自由。

每个人都以为他自己至少有一种主要的美德，我所认识的诚实的人并不多，而我自己恰好就是其中的一个。

点评：

盖茨比的晚宴，举办了一次又一次，免费提供客人的吃喝玩乐，这对于一个心智健全的富人来说合理吗？显然是不合理的！盖茨比特意邀请尼克这个不相识的穷小子，这更不是一时兴起。尼克的另一个身份是黛西的表哥，只要是和黛西相关的一切，都足以让他引起重视。而这一次次晚宴的举办，除了不让豪宅显得冷清，或许还暗含盖茨比更深层的情愫。

第四章　盖茨比和黛西的往昔

尼克和盖茨比走得越来越近，可随着他对盖茨比越了解，盖茨比的身份就越扑朔迷离：究竟盖茨比是德国威廉皇帝的侄儿还是私酒贩子，或者是杀人犯？这个邻居蒙上了一层神秘的面纱，而他示好尼克的一个原因也将被揭开。

星期天的早晨，如期响起的教堂的钟声回荡在沿岸村镇，久久不能消散。乐于参加聚会的时髦男女在那一天又来到了盖茨比的别墅，肆意地在他的草坪上嬉笑玩乐，俊男靓女三三两两地聚在一起，或调着情，或畅谈八卦。

“他是个私酒贩子，”那些少妇一边说，一边在他的鸡尾酒和他的好花之间的什么地方走动着，“有一回他杀了一个人，那人打听出他是兴登堡[①]的侄子、魔鬼的表兄弟。请递给我一朵玫瑰花，宝贝，再往那只水晶杯子里倒最后一滴酒。”

有一次，因为来参加盖茨比聚会的人太多了，我为了能记住他们的名字，特意在一张火车时刻表上记录了下来。渐渐地，那张表上的名字越来越多，记载了整个夏天到过盖茨比别墅的人。到了如今，那张火车时刻表已经旧巴巴的了，折叠的印记处也快要裂开了，依稀还能看见上面印着“此表生效于一九二二年七月五日”。但我还认得出那些暗淡的名字，它们可以给你一个比我的笼统概括更清楚的印象，那些人到盖茨比家里做客，却对他一无所知，仿佛这是对他所表示的一种微妙的敬意。

好吧，让我们一起看看都有谁。有从东卵过来的切斯特·贝克夫妇、利契夫妇，有一个我在耶鲁见到过的姓本森的人，还有韦伯斯特·西维特医生，不过很不幸的是他去年夏天在缅因州被淹死了。还有霍恩比姆夫妇和威利·伏尔泰夫妇以及全家人都来

---

①兴登堡（1847—1934），德国元帅，第一次世界大战期间任德军总司令。

了的布莱克巴克家庭，他们不喜欢随意和人打交道，总是占据一个角落，不管谁走近，他们都会像山羊一样翘起鼻孔。还有伊十梅夫妇、克里斯蒂夫妇（更确切地说是休伯特·奥尔巴哈和克里斯蒂先生的老婆）和埃德加·比弗，据说有一个冬天的下午，他的头发无缘无故地变得像雪一样白。

我没记错的话，从东卵来的还有克拉轮斯·恩狄。我只看见过他一次，从那以后就再也没见到过了，不知道是搬家了还是发生了什么，我清楚地记得那次他来时的情景，他穿着一条白色灯笼裤子，我为什么对他有这么深的印象呢，因为他在聚会上和一个叫艾蒂的不学无术的流氓在花园里打了一架。还有从岛上更远的地地方来的开德勒夫妇、O. R. P. 斯雷德夫妇，佐治亚州的斯通瓦尔·杰克逊·亚伯拉姆夫妇、菲希加德夫妇和平普利·斯奈尔夫妇。斯奈尔在他去坐牢的前三天还来过，喝得烂醉，躺在石子车道上，结果被尤里内斯·斯威特太太的汽车从他的右手上碾了过去。丹赛夫妇也来过几次，快七十岁的S. B. 怀特贝特也来过，还有莫理斯·A. 弗林克、汉姆海德夫妇，烟草进口商贝路加以及贝路加的几个女儿。

西卵来的有波尔夫妇、马尔雷德夫妇、塞西尔·罗伯克、塞西尔·肖用、州议员久利克，还有卓越影片公司的后台老板牛顿·奥基德、艾克豪斯特、克莱德·科恩、小唐·S. 施沃兹以及阿瑟·麦加蒂，他们都跟电影界有着这样那样的关系。还有G. 厄尔·马尔东，他的另一个姓马尔东的兄弟就是勒死妻子的那个人。卡特利普夫妇、班姆堡夫妇和投机商达·冯坦诺也来过这儿，以及爱德·莱格罗、詹姆斯·B. 菲来特（绰号是“坏酒”）。至于德·琼大妇和欧内斯特·利里，他们不是单纯地想参加聚会，他们主要是来赌钱的。你只要看见菲来特在花园闲逛，那么就意味着他把钱又输光了，于是第二天联合运输公司的股票就会经历一番涨跌，为了让他能尽快赚回钱来。

有一个姓克利普斯普林格的男人参加盖茨比聚会的次数又多、时间又长，后来人家就称他为“房客”了——我怀疑他根本就没别的家。在戏剧界的人士中，有葛斯·威兹、霍勒斯·奥多诺万、莱斯特·迈尔、乔治·德克维德和弗朗西斯·布尔。有来自纽约城的富人克罗姆夫妇、贝克海森夫妇、丹尼克夫妇、罗素·贝蒂、科里根夫妇、凯瑟赫夫妇、杜厄夫妇、斯科里夫妇、S.W. 贝尔立夫妇、斯默克夫妇、小奎因夫妇——现在已经离婚了，以及亨利·L. 帕默多——他后来自杀了，在时代广场冲向地铁而死。

本尼·麦克莱纳亨总是带着四个姑娘一同来。四个姑娘每次都不是同一批人，可是她们长相都十分接近，因此看上去都好像是以前来过的。她们的名字我忘了——杰奎林，大概是，要不然就是康雪爱拉，或者格洛丽亚，或者珠迪，或者琼，她们的姓要么是音调悦耳的花名和月份的名字，要么是美国大资本家的庄严的姓氏，只要有人追问，她们就会承认自己是他们的远亲。

除了我上面说到的这些人，在我的印象中，弗丝迪娜·奥布莱恩也来过，我忘了见过她几次，反正我能确定的是，至少她来过一次。还有参加战争鼻子被子弹打掉的小布鲁尔，以及贝达克家姐妹、阿迪泰·费兹彼得夫妇、阿尔布鲁克斯堡先生和他的未婚妻海格小姐。还有曾经在美国退伍军人协会当过主席的卜朱厄特先生，还有克劳迪亚·希普小姐，而她的男伴我们都觉得是她的司机。还有一位我现在忘了名字，但以前是记得的，他自称是什么什么亲王，我们都叫他公爵。

这里的所有人，都是那个夏天来参加过盖茨比聚会的。

七月末一天早上九点钟，盖茨比华丽的汽车沿着岩石车道一路颠到我家门口停下，它那三个音符的喇叭发出一阵悦耳的音调。这是他第一次来看我，虽然我已经赴过两次他的晚会，乘过他的水上飞机，而且在他的热情邀请之下时常借用他的海滩。

“早啊，老伙计！今天我们一起去吃午饭，就坐我的车进城吧。”

盖茨比站在车子的挡泥板上，保持着一种平衡，这种身体的灵活性是大多数美国人与生俱来的——我认为这是他们从小就没有做过苦力活的原因，更重要的原因是他们做过刺激、让人心跳加快、剧烈的运动，所以经过了这样的洗礼，他们显出这么自然而然的优美。这个特点不断地以坐立不安的形式突破他那拘谨的举止而流露出来。他一刻也不安静，总是有一只脚在什么地方轻轻拍着，要不然就是有一只手在不耐烦地一开一合。一切都是那么的自然，不会让人厌烦。

他瞧出我用赞赏的目光看着他的汽车。

“这车子很漂亮，是不是，老伙计？”他跳了下来，好让我看清楚一些，“你以前从来没看到过它吗？”

我看到过，大家都看到过。车子是瑰丽的奶油色的，镀镍的地方闪光而耀眼，车身长得出奇，四周鼓出放帽子、饭盒和工具的暗箱，十分显眼，装备齐全得让人应接不暇，重叠的风挡玻璃在阳光的照射下光芒四射。绿皮车厢被许多玻璃封闭着，坐在里面很温暖，我们一路直奔纽约城。

我和盖茨比认识的一个月里，只进行过五六次的闲聊。让我失望的是，我没想到他的话是这样的少，我想当然地以为像盖茨比这样的富人一定会是一个长篇大论的思想家，结果却是一个寡言少语的有钱人。因此我对他是那种一个重要的大人物的印象，在我心里不复存在了，现在他给我的印象就像是住在我隔壁的一家开豪华饭馆的老板。

接着就发生了那次使我感到窘迫的同车之行。我们还没到西卵镇，盖茨比开始把他文雅的句子说到一半就打住，同时犹疑不决地用手拍着他酱色西装的膝盖。

“我说，老伙计，”他出其不意地大声说，“你到底对我是怎么个看法？”

我有点不知所措，就开始说一些含糊其词的话来搪塞。

“行了，你也别敷衍我了。我给你讲讲我的故事吧，”他发声打断了我言不由衷的话，“我知道你从别人口中听见了我的一些风言风语，我可不想让你对我有糟糕的看法。”

原来，在他家花园里、客厅里，客人们谈论他的那些不知真假、风趣的话，他是知道的。

“上帝做证，以下我说的话千真万确。”他举起右手，做出一个坦然面对上天惩罚的手势，真心诚意地说道，“我来自中西部，出生于富裕家庭，但是家里父母已经去世了。我从小是在美国长大的，后来在英国牛津接受教育，我家的每一代人都是在牛津接受教育的，这是我们的家族传统。”

他斜着眼朝我望了望——我这才明白为什么乔丹·贝克曾认为他撒谎。他把“在牛津受的教育”这句话匆匆带了过去，或者含糊其词，或者半吞半吐，仿佛这句话以前就使他犯嘀咕。有了这个疑点，他的整个自述就站不住脚了，因此我猜疑他终究是有点什么不可告人之处。

“中西部什么地方？”我随便一问。

“旧金山[①]。”

“哦，原来是旧金山。”

“我的家人都去世了，剩下我一个人继承了许多钱。”

他的声音出现了难得的郑重感，可能是想到了他族人的死去，仍有余悲吧！有那么一瞬间，我感觉他在逗我玩，可是我看了一眼他的神情，我相信了他说的都是真的。

“后来我就像一个年轻的东方王子那样到欧洲各国首都去游荡——巴黎、威尼斯、罗马——收藏以红宝石为主的珠宝也好，打打狮子、老虎也好，画点儿画也罢，不过是为了自己消遣，同时尽量想忘掉好久以前一件使我非常伤心的事。”

我听着他的讲述强忍着大笑的冲动，因为我不大相信他的话，甚至觉得他的话有些滑稽。他描述时的构词一板一眼的，毫无新意，致使我突发奇想地有了一幅这样的画面：从傀儡戏里走出的一个角色，裹着头巾，身处布龙公园[②]，追着打老虎，一边跑着一边身体上的各个孔洞不停地掉木屑。

---

①旧金山在西部海岸，不属中西部。

②在巴黎郊外，有大片森林。

“后来就打仗了，老伙计。这倒是莫大的宽慰，我千方百计地去找死，可是我的命好像有神仙保佑一样。战争开始的时候，我得到了中尉的军衔。在阿贡森林一役，我带领我两个机枪连的小分队一往无前，结果我们两边都有半英里的空地，步兵在那里无法推进。我们在那里蹲守了整整两天，当时只有一百三十个人和十六挺刘易斯式机枪，差点所有人都死在那里了。幸好，后面终于坚持到步兵攻上来了，清理战场的时候，他们在那尸山血海里找到了三个德国师的徽记，我也就因此升为了少校。每一个同盟国政府都给我颁发了一枚勋章，宣扬我的功绩，鼓励更多的士兵向我学习。就连那个位于亚得里亚海上的小国家——门的内哥罗，也表彰了我一枚勋章。”

小国家——门的内哥罗！他好像把这几个字举过了头顶，向它点头，并且怀着神秘微妙的微笑。这一笑表示他了解门的内哥罗动乱的历史，并且同情门的内哥罗人民的英勇斗争。这一笑也表示他完全理解那个国家一系列的情况，正是这些情况使得门的内哥罗热情的小小的心发出了这个颂扬。我的怀疑此刻已化为惊奇，好像匆匆忙忙翻阅了十几本杂志一样。

他在口袋里掏了掏，摸出来一个系着绸带的金属印章。

“你瞧！这就是门的内哥罗的那枚勋章。”

我这次是真的惊讶了，因为这个一看就不是假的，我确定它是真的来自门的内哥罗。“丹尼罗勋章”勋章外围一圈刻着：“门的内哥罗国王尼占古斯”。

"你再看看背面。"他说。

"杰伊·盖茨比少校，"我念道，"英勇的战士。"

"这儿还有一件我随身带的东西，牛津时期的纪念品，是在三一学院校园里照的——我左边那个人现在是唐卡斯特伯爵。"

这是一张相片，上面有五六个年轻人，身上穿着运动上衣，在一条拱廊下站着，背后可以看见许许多多的塔尖[①]，盖茨比霍然身在其中，样子比现在要年轻，但也没有太大的变化——一只手上拿着一根板球棒。

这么一来的话，盖茨比没有骗我，在这些可以说是证据的东西的证实下，我不再有疑虑。我好像看见了一张张颜色各异的老虎皮挂在大运河[②]边的宫殿上，我仿佛看见他打开一箱红宝石，借它们浓艳的红光来减轻他那颗破碎的心的痛苦。

"我今天有件大事要请你帮忙，"他说，同时很满意地把他的纪念品放进口袋里，"因此我觉得你应当了解我的情况。我不希望你认为我只是一个不三不四的人。你可能不知道，我之所以喜欢和不认识的人打交道，就是因为我想用这种居无定所的方式，忘掉一件让我不能释怀的伤心事。"他迟疑了一下，继续说，"本来你完全可以在今天下午知道这件事。"

"吃午饭的时候？"

"不，今天下午。我碰巧打听到你约了贝克小姐喝茶。"

"你是说你爱上了贝克小姐吗？"

---

①牛津校舍大多为哥特式建筑，塔尖林立。

②指意大利威尼斯城的大运河。

“不是，老伙计，我没有。可是承蒙贝克小姐同意，让我跟你谈这件事。”

我一点儿也不知道“这件事”是指什么，但是我兴趣不大，倒还觉得厌烦。我约了贝克小姐喝下午茶可不是为了聊别人的琐事，更不想谈杰伊·盖茨比先生，我看不透他究竟是个什么样的人。不过，我隐隐地觉得他肯定是想要拜托什么匪夷所思的事情，在那一瞬间，我开始有点后悔接受他的邀请，踏上他家的草坪了。

他一句话也不说了，我们离城越近他就越发矜持。我们经过罗斯福港，瞥见船身有一圈红漆的远洋轮船，又沿着一条贫民区的石子路疾驰而过，道路的两边排列着二十世纪已经褪色的阴暗酒吧，虽然它不复繁华，但依然会有人前去光顾。路过灰谷，我们从灰谷中的那条道路飞驰而过，在加油站，我看见了威尔逊太太正气喘吁吁地给客人加油。

汽车的挡泥板像翅膀一样张开。我们一路给半个阿斯托里亚[①]带来了光明——只是半个，因为正当我们在高架铁路的支柱中间绕来绕去的时候，我听到了一辆脚踏机车熟悉的“嘟——嘟——噼啪”的响声，随即看到一名气急败坏的警察在我们车旁行驶。

“得了，伙计，别追了。”盖茨比对那警察喊道，然后他慢慢降低了行驶的速度，从皮夹包里翻出来一张白色的卡片，递给了警察。

“那行，我知道了，”那位警察恭恭敬敬地说，同时手轻轻拉了一下帽子，“下次就能认出您了，盖茨比先生，抱歉！”

---

①皇后区的一个地段。

“那是什么？”我问道，“那张牛津的相片吗？”

“我给警察局长帮过一次忙，因此他每年会给我寄一张圣诞贺卡。”

在大桥上，阳光从钢架中间透过来，在川流不息的车辆上闪闪发光，河对岸城里的楼高高耸立在眼前，像一堆一堆白糖块一样，都是出于好心的人花没有铜臭的钱盖起来的。从皇后区大桥看去，这座城市永远都像是初次看见一样，那样引人入胜，充满了世界上所有的神秘感和瑰丽气质。

载着死者的灵车经过我们身边，车里装满了花，后面紧紧跟随着两辆马车，窗帘被他们放下来了。还有几辆比较舒服的马车载着亲人好友，这些亲人好友在车里看着我们，我们也看着他们。从他们忧伤的眼睛和短嘴唇中，大概可以辨认出他们是东南欧那一带的人。我很高兴他们不只是沉浸在惨不忍睹的车队里，还能从中看见盖茨比的豪车。当我们的车从桥上过了布莱克威尔岛的时候，一辆大型轿车突然加速把我们超过去了。司机是白人，车上还有两个男子和一个女子都是黑人，穿着打扮颇为时尚。他们自得其乐，眼看超过了我们，一个个都摆出一副骄傲神气的样子，冲着我们挤眉弄眼，我看着不由得大声笑了起来。

“我们现在一过这座桥，什么事都可能发生了，”我心里想，“无论什么事都会有……”

因此，对盖茨比这种人物也是会出现的情况，用不着大惊小怪。

那个夏天，中午十分炎热。我和盖茨比约好在四十二号街的一家地下餐厅里吃饭，电扇大开也避免不了热气的蒸腾，我们碰头的时候，都红着脸，毫无疑问那是热的。我先眨眨眼驱散外面马路上晃眼的亮光，然后才在休息室里模模糊糊认出了他来，他正在跟一个人说话。

“卡罗威先生，这是我的朋友沃尔夫山姆先生。”

一个矮小的塌鼻子的犹太人抬起了他的大脑袋来打量我，他的鼻孔里面长着两撮很浓的毛。过了一会儿，我才在半明半暗的光线中发现了他的两只小眼睛。

“……于是我看了他一眼，”沃尔夫山姆先生一边还在说话一边又很是热情地同我握手示好，“然后，你猜猜我会怎么做？”

“怎么做？”我毫不失礼地问他。

很明显他并不是在和我讲话，因为他放下手之后，就把他那引人注目的鼻子朝向了盖茨比。

“我把那笔钱递给了凯茨保，同时我对他说：‘好了，到此为止吧，凯茨保，你如果再说话的话，我让你一分钱也得不到。’结果怎么着，他立马就㞞了，什么都不敢说了。”

盖茨比拉住我们每人一只胳臂，向前走进餐厅，于是沃尔夫山姆先生把他刚要准备说的一句话咽了下去，露出了如梦似痴的神态。

“要姜汁威士忌吗？”服务员领班问道。

“这家馆子不错，”沃尔夫山姆先生抬头望着天花板上画的长老会美女说，“但是我更喜欢马路对面那家。”

“麻烦来几杯姜汁威士忌。”盖茨比接受了领班的推荐，然后对沃尔夫山姆先生说，“你不觉得那里太热了吗？”

“对啊！那里真是又热又狭窄，”沃尔夫山姆先生说，“却留下了许多回忆。”

“你们说的是——？”我疑惑地问了一句。

“老街都会。”

“老街都会。”沃尔夫山姆先生咬牙切齿地回忆说，“那个地方团聚过多少烟消云散的人的音容笑貌，团聚过多少现在已经不在人世的朋友，我到现在还记得他们的样子。我永远不会忘记那个晚上，我亲爱的朋友罗西·罗森塔尔被开枪打死了。那个晚上，我们有六个朋友坐在一桌吃饭，罗西吃了很多，看得出他一定吃得很饱。在要天亮的时候，服务员带着无奈的神情对罗西说有个人请他去外边聊聊。‘好吧！’罗西答应了。他正要起身时，我拉住了他，我确定我真的拉住了让他坐回椅子上，‘那些杂种要找你，让他们进来好了，罗西，但你可千万千万不要离开这间屋子。’‘那时候已经是清早四点，要是我们掀起窗帘，我们会看见天已经亮了。”

“他去了吗？”我天真地问。

“他当然去了。”沃尔夫山姆先生的鼻子气呼呼地向我一掀。“他走到门口还回过头来说：‘别让那个服务员把我的咖啡收掉！’说完他就走到外面人行道上，他们向他吃得饱饱的肚皮上放了三枪，然后开车跑掉了。”

“其中四个人都坐了电椅。”我想起了这桩当时发生的命案。

“是五个，算上贝科。”沃尔夫山姆先生把他那引人注目的鼻子对着我，眼里露出对我的好奇，“听盖茨比说，你在找生意上的伙伴。”

不得不说，这前面两句话连着听起来让人一阵吃惊。盖茨比接过话：

“啊！不是他，”他快速解释道，“你搞错了，这不是那个做生意的人。”

“不是吗？”沃尔夫山姆先生似乎很失望。

“这只是一位朋友。我不是告诉过你我们改天再谈那件事嘛。”

“对不起，”沃尔夫山姆先生说，“我弄错了人。”

一盘鲜美的烤肉端了上来，于是沃尔夫山姆先生就短暂忘掉了老街都会那温情暖暖的气氛，开始斯斯文文地大吃起来。与此同时，他两只眼也还没闲着，眼珠转动着把整个餐厅扫视了一大圈，然后又看向我们身后坐着的那些客人，正好看了一个完整的弧圈轨迹。我暗暗地猜想，要不是我们还在这张桌子上坐着吃饭，保不准他还会钻到桌子底下去看看。

“我说，老伙计。”盖茨比转过头跟我说，“今天早上在车里会不会让你不高兴了。”

他脸上又出现那种笑容，可是这次我无动于衷。

“我不喜欢神秘的玩意儿，”我答道，“我也不明白你为什么不肯坦率地讲出来，让我知道你要什么。为什么一定全要通过贝克小姐？”

“哦，反正不会是什么伤天害理的事，”他一副信誓旦旦的样子说着，“我们都知道，贝克小姐可是一位出名的冠军高尔夫运动员，她怎么会做阴暗的事。”

这时他好像想起什么，看了看表，急急忙忙走出餐厅，留下我和沃尔夫山姆先生。

“他得去打电话，”沃尔夫山姆先生说，同时目送他出去，“好人，是不是？一表人才，而且人品极好。”

“是的。”

“他是牛劲[1]出身的。”

“噢！”

“他读过牛劲大学，你听说过这个学校吗？”

“我听说过。”

“它是全世界最有名的大学之一。”

“你和盖茨比认识多久了？”我问。

“认识好多年了，”他满意十足地回答说，“那个时候刚打完仗，说来也巧，认识他完全是一个偶然，可能上帝特意做了安排吧，我需要他，他需要我。我记得刚认识那会儿我才和他聊了一个小时，我就很确定地相信盖茨比是一个非常有涵养的人。我常常说他‘盖茨比是那种你非常乐意把他带回家，介绍给你母亲和妹妹认识的那种人’。”他突然又停下来，说，“我知道你也许对我的袖扣感兴趣，我看见你看它了。”

我本来并没有看，可是现在倒看了。它们是用几片小象牙制作的，看着眼熟得奇怪。

“这是用真人的牙齿制作的，精挑细选过的。”他炫耀地对我说。

---

①牛劲，“牛津”的讹音。

“真的！”我仔细看了看，“这倒是个很妙的主意。”

“当然，”他把衬衣袖扣重新缩回上衣里，“盖茨比还是一个非常规矩的人，他对女人方面从不随意乱来，对朋友的太太更是看都不会看一眼。”

盖茨比——这个受到本能的信赖的对象又回到桌边坐着的时候，沃尔夫山姆先生一口把自己的咖啡喝掉，然后站起身来。

“我的中饭吃得很高兴，”他说，“现在我要扔下你们两个年轻人走了，免得你们嫌我不知趣。”

“别急着走呀，迈尔。”盖茨比挽留，但语气却并不热情。沃尔夫山姆先生举起手表达祝福。

“你们很有礼貌，不过我是老一辈的人了，”他严肃地说，“你们在这里坐坐，谈谈体育，谈谈你们的年轻女人，谈谈你们的……”他又把手一挥，以代替一个表示梦想的名词，“至于我哩，我已经五十岁了，我就不再打搅你们了。”

他向我们握握手告别，我看着他转身离去的背影，他的鼻子在微微抖动，像是在悲伤什么。我不知道是不是我说了不对的话，刺激到他了。

“他是一个时常容易感伤的人，”盖茨比向我解释，“正好今天又是一个让他悲伤的日子。所以表现出的忧伤会更明显地让人感受到。迈尔在纽约也是个名人——百老汇的地头蛇。”

“他到底是什么人？是演员吗？”

“不是。”

“牙科医生？”

“迈尔·沃尔夫山姆？不是，他是个赌棍。”盖茨比犹疑了一下，然后若无其事地补充道，“他就是一九一九年非法操纵世界棒球联赛的那个人。”

“非法操纵世界棒球联赛？”我重复一遍。

竟然是他，我没想到做出这样轰动一时的事的人，刚刚就在那里坐着。在一九一九年的世界棒球联赛被人为非法操纵，多么大的胆量才敢做出这种事。即使知道有这件事的发生，我每次想起来也不过觉得是曾经发生过了的事而已，非法操纵的是一连串必然事件的后果。我从来都不敢去想，有人能凭一人之力糊弄了五千万人。

“他怎么会干那个的？”我过了一分钟才问道。

“他只不过是看中了机会。”

“他怎么没坐牢呢？”

“他们逮不住他，老伙计。他是个非常精明的人。”

我抢着付了账。服务员把找的钱送来时，我看到了汤姆·布坎农在拥挤的餐厅的那一边。

“跟我过来一下，我向你介绍个熟人，”我说，“我要向他打声招呼。”

汤姆一看见我就大步流星地跨了过来，直接迈了五六步。

“你最近干什么去了？”汤姆焦急地问我，“黛西生气了，你一直没打电话过来。”

“汤姆，这位是盖茨比先生；盖茨比先生，这位是布坎农先生。”

他们敷衍地握了一下手，汤姆还是那副高傲的模样，盖茨比却是有种不自然、带着尴尬的样子。

“你近来到底怎么样？”汤姆问我，“你怎么会跑这么远到这儿来吃饭？”

“我是和盖茨比先生一道来吃午饭的。”

我转身去看盖茨比先生，但他已经不在那儿了。不知道什么时候默默离开了。

“一九一七年十月里的一天，”那天下午乔丹·贝克挺直地坐在广场饭店茶室里一张挺直的椅子上，“我正在从一个地方向另一个地方走去，一半走在人行道上，一半走在草坪上。我比较喜欢踩在草坪上，那天我正好穿着英国的鞋子，我的鞋底有松软的橡胶，踩在草坪上就能留下好看的痕迹。我还穿了一件好看的新裙子，风一吹来，我的方格裙子像是在风中起舞，而当我的裙子飞舞时，别人门前的红、白、蓝三色旗帜也就跟着飘扬起来，发出嗞嗞的声音，好像看不起我的裙子似的。

“其中，旗帜最大的、草坪最大的家庭，就是黛西·费伊的家，那个时候她刚满十八岁，比我大两岁，她是路易斯维尔所有姑娘中最引人注目的一个。她穿的是白衣服，开的是一辆白色小跑车，她家电话一天到晚响个不停，泰勒营那些兴奋的青年军官一个个都要求当天晚上独占她全部的时间：‘至少，给一个钟头吧！’

“那天早上我从她家门口对面路过时，她的白色跑车停在路边，她跟一位我以前从未见过的中尉同坐在车上。他们俩彼此全神贯注，一直到我走到五步之内她才看见我。

“‘嘿，乔丹！’她突然叫住了我，‘你过来一下好吗？’

“黛西对我说话了，我心里很高兴，因为在所有的同龄人和所有的比我年纪大的女孩中，我最崇拜的人就是她了。黛西询问我是不是今天会去红十字会那里学习做绷带。我说对呀。‘那你帮我一个忙行吗？你告诉他们这几天我暂时不能去了。’黛西向我说话的时候，我注意到那位军官一直目不转睛地盯着她，这种眼神是每一个女孩都想要得到的，满是溺爱。我认为这是很浪漫的事，所以这件事我一直记得。而那个军官的名字就叫杰伊·盖茨比。从那之后，四年我都没再见过他，就连我在长岛参加聚会我也没有想过会是同一个人。那是一九一七年。

“到了第二年，我自己也交了几个朋友，同时我开始参加比赛，因此我就不常见到黛西。她来往的是一帮比我年纪稍大一点的朋友——如果她还跟任何人有来往的话。关于她荒唐的谣言到处传播——说什么有一个冬天的夜晚她母亲发现她在收拾行装，准备到纽约去跟一个正要到海外去的军人告别。家里人强硬地阻止了她，可是事后她有好几个星期不跟家里人讲话。从那以后她就不再跟军人一起玩了，只跟城里几个根本不能参军的平脚、近视的青年人来往。

“等到第二年秋天，黛西又变得活跃了起来，就像我认识她之前那样的活跃。战争停止的时候，她初次参加了一次社交圈的舞会，我听说她在二月还和一个来自新奥尔良的有钱人订了婚，结果在六月的时候她却和来自芝加哥的富人汤姆·布坎农举行了婚礼，他们的婚礼场面非常盛大，在整个路易斯维尔都是闻所未闻的。汤姆和一百位客人乘坐着包车往南方赶来，最夸张的是，在莫尔巴赫饭店租下了整整一层楼，用来宴请宾客。汤姆还送给黛西一串珍珠项链，价值三十五万美元，据说这个项链才是最后打动黛西而决定结婚的东西。

“我是伴娘之一。在举行婚礼前夕送别新娘的宴会之前半个小时，我走进她的屋子，发现她躺在床上，穿着绣花的衣裳，像那个六月的夜晚一样的美。她一手拿着一瓶白葡萄酒，一手捏着一封信，像猴子一样喝得烂醉。

“‘恭……喜我，’她含糊不清地咕哝着说，‘从来没喝过酒，啊，今天喝得可真痛快。’

“‘怎么回事，黛西？’

“我吓坏了。真的，我从来没见过一个女孩子醉成这副模样。

“‘喏，心肝宝贝。’她在拿到床上的字纸篓里乱摸了一会，掏出了那串珍珠，‘把这个拿下楼去，是谁的东西就还给谁。告诉大家，黛西改变主意了。就说黛西改变主意了！’

“她哭了——哭得很伤心，我从来没有见她这么伤心过。我走出门，找来了她们家的用人，反锁上了门，以免被别人看见了，又给她洗了个冷水澡让她冷静冷静。她紧紧地抓住那封信，捏得死死的，她把信带进澡盆，揉了又揉，直到那信碎裂得像飘落的雪花，我才把它放入旁边的肥皂盒子里。

“可是她一句话也没有再说。我们让她闻阿摩尼亚香精，把冰放在她脑门上，然后又替她把衣裳穿好。半小时后我们走出房间，那串珍珠套在她的脖子上，这场风波就过去了。第二天下午五点钟，她没事儿人似的跟汤姆·布坎农结了婚，然后动身到南太平洋，在那里旅行了三个月。

“他们回来以后，我在圣巴巴拉[1]见到了他们，我觉得我从来没见过一个女孩那么迷恋丈夫的。他只要一离开屋子，黛西就会担惊受怕地左右观望，不停说着：‘汤姆，汤姆，你去哪里了？’脸上的神情也是迷茫无助的样子，只有看见汤姆的身影，她才会感到安心。黛西经常和汤姆坐在海边的沙滩上，往往一坐就是一个多小时，黛西把头枕在汤姆的大腿上，而汤姆温柔地抚摩黛西的脸，黛西则心满意足地看着他。我相信任谁看见这幅画面都会受到触动，让你着迷，让你莞尔轻笑。那是八月里的事。我离开圣巴巴拉一个星期以后，汤姆一天夜晚在凡图拉公路上与一辆货车相撞，货车把他车上的前轮撞掉了一只。跟他同车的姑娘也上了报，因为她的胳膊撞断了——她是圣巴巴拉饭店里一个收拾房间的女用人。

“第二年四月，黛西生了她那个小女儿，随后他们到法国去待了一年。有一个春天我在戛纳[2]见到他们，后来又在多维尔[3]见过，再后来他们就回芝加哥定居了。黛西在芝加哥很出风头，这个事你知道得比我还清楚。他们俩常常和一些放浪形骸的人士打交道，那都是些年轻、行事放荡的有钱人家的子弟。

---

①加利福尼亚海滨的旅游胜地。

②法国南部海港，旅游疗养胜地。

③法国西北部旅游胜地。

黛西混迹于其中，没有一点关于她的不好的消息，名声始终清清白白。可能是她不怎么喝酒的原因，在一群花天酒地的人中不喝酒，这是很清新脱俗又很有好处的事。因为你不用担心酒后说出什么秘密，而且，你可以为你自己的小动作选择时机，等到别人都喝得烂醉、要么看不见要么不理会的时候再搞小动作。也许黛西从来不爱搞什么桃色事件——然而她那声音里却有点儿异样的地方……

“后来，大约六个星期以前，她多年来第一次听到了盖茨比这个名字。就是那次我问你——你还记得吗——你认识不认识西卵的盖茨比。黛西表面上无动于衷，可是那天你离开后，她夜里跑到我的房间，把我从梦中叫醒，忐忑地问我：‘你说的盖茨比是谁？’我困死了，但又不好拒绝回答黛西这个小小的问题，只得把我说的那个盖茨比详细地描述了一番，我发觉黛西听了后神色有些异常，说那个人一定是她以前认识的那个人，那个军官。我这才幡然醒悟过来，逐渐把盖茨比和以前与黛西坐在白色轿车里的人影重叠起来。”

等到乔丹·贝克把上面这些都讲完，我们离开广场饭店已经有半个钟头了，两人乘着一辆敞篷马车穿过中央公园。太阳已经落在西城五十九号街上，那一带电影明星们居住的公寓大楼后面，儿童正像草地上的蟋蟀一样聚在一起，他们清脆的声音在闷热的黄昏中歌唱：

我是阿拉伯的首长，
你的爱情在我心上。
今夜当你睡意正浓，
我将爬进你的帐篷——

"这真是太巧合了。"我惊叹。

"不，这不是什么巧合。"

"你为什么这么说？"

"黛西的对岸就是盖茨比的家，这是他特意买下的，他想看见黛西。"

我恍然大悟。原来，六月里的那个繁星点点的夜晚，盖茨比站在码头上，向往的不只是天上的星星，他应该更多的是在想着黛西。这一刻，盖茨比在我眼里有了一个全新的生命，像是他从那挥霍无度的生活里分娩、剥离了出来。

"他想见黛西，"乔丹继续说，"你肯不肯哪一天下午请黛西到你的住处来，然后让他过来坐一坐。"

这个要求如此微不足道，真使我震惊。他居然等了五年，又买了一座大厦，在那里把星光施与来来往往的飞蛾——为的是在哪个下午他可以到一个陌生人的花园里"坐一坐"。

"为什么要告诉了我这一切，才让我帮这些事呢？"

"他心里有些害怕，并且等这一天等了很久了。他担心瞒着你，你会怪罪他，会不帮这个忙。哪怕即使黛西已经这样，他还是决定试一试，真是个固执的人。"

我心里还是没有底，不知道我该不该那样做。

"那他为什么不直接让你帮忙，你和黛西相处得更亲近一点。"

"他要让她看看他的房子，"她解释道，"你的房子又刚好在隔壁。"

“哦！”

“我想他大概指望哪天晚上她会翩然而至，光临他的一次宴会，”乔丹继续说，“但是她始终没有来过，后来他就开始有意无意地问人家是否认识她，而我是他找到的第一个人。就是那天你看见我的那次舞会，他打听到了我，请我过去见了一面。他对我说了许多无关的话，支支吾吾、遮遮掩掩地说了半天才说到正题。我当时就建议他们一起去纽约吃一顿午餐，谁知他听到这话，大惊失色：‘我可不会做出什么出格的事！’他反复强调，‘我只要能悄悄在旁边看看她就好了。’

“后来我说你是汤姆的好朋友，他又想完全打消这个主意。他对汤姆的情况不太了解，虽然他说他有好几年每天看一份芝加哥报纸，希望碰巧可以看到黛西的名字。”

这时天黑了，我们的马车走到一座小桥下面，我伸出胳臂搂住乔丹的肩膀，那被金黄色长发覆盖下的、迷人的肩膀。一把把她拉到我身边，轻轻说着请她一起吃晚饭。忽然之间，我脑海里已经消失了黛西和盖茨比两个人的事，取而代之的满是眼前这个整洁干净、结实健美但却智商平平的人。她好像对世上的任何事情都保持着一份怀疑，而现在她却神采奕奕地向后靠，轻靠在我伸出的胳膊上。一个警句开始在我耳中令人兴奋地鸣响起来：“世界上只有被追求者和追求者、忙碌的人和疲倦的人。”

“黛西的生活里也应当有点安慰。”乔丹喃喃地对我说。

“她愿意见盖茨比吗？”

“事先不让她知道，盖茨比也不想她知道。你只是请她来喝茶就行了。”

我们驶过了一片幽暗的树林，前面五十九号街道的楼房里，射出来一片温暖祥和的灯光，一直蔓延到了公园。我和盖茨比还有汤姆·布坎农他们是不一样的，我不用在遥远又昏暗的灯光下和亮眼的广告牌边看情人的容颜。因此，我不由自主地把身边的佳人拉得更近了，搂着她的胳膊也更紧了。她那张苍白、轻藐的嘴嫣然一笑，于是我把她拉得更紧一点，这次一直拉到贴着我的脸。

点评：

盖茨比是一把衡量上层贵族和下层平民的量尺，作为一个富甲一方的上流人士，依然恪守着底线，不淫乱也不奢靡，就像迈尔·沃尔夫山姆说的：即使你的妻子在旁边，盖茨比也不会多看一眼。在他看似挥霍的外表下，藏着的是一颗殷切、真诚的爱慕之心，从始至终他把一切都寄托在了黛西身上，盖茨比对黛西的爱，爱得纯粹而卑微。

第五章　盖茨比和黛西的再次相见

久别后的重逢，曾经相爱的两个人再次走到了一起，他们擦出了爱情的火花。与世间之事相比，追究对与错、值得与不值得可能更显重要，盖茨比和黛西恋情复燃，尼克起到了“触媒”的作用，而尼克也就顺理成章地成了他们爱情的唯一见证者。

那天夜里我回到西卵的时候，有一会儿我疑心是我的房子着了火。半夜两点钟了，而半岛的整个一角照得亮堂堂的，光线照在灌木丛上，好像是假的，又照在路旁的电线上，映出细细的一长条闪光。转弯以后，我才看出这原来是盖茨比的别墅，从塔楼到地窖都灯火通明。

起初我还以为是聚会，一次狂欢的盛会，竟然让整个别墅都敞开着，好让大家玩游戏之用，让大家玩捉迷藏或者“小沙丁鱼罐头”。但周围都是静悄悄的。只有树丛中的风声，还有树上偶尔的鸟叫声。微风吹动着电缆线，灯光突然变得明灭不定，就像房子朝夜眨眼。街道上出租车一边叫着一边跑的时候，我看见盖茨比通过他的草坪向我走来。

“府上看上去像世界博览会一样。”我说。

“是吗？”他心不在焉地转过眼睛去望望，“我刚才打开了几间屋子随便看看。咱俩到康尼岛[①]去玩吧，老伙计？坐我的车子去。”

“时间太晚了。”

“那么，到游泳池里泡一泡怎么样？我整个夏天都没泡过哩。”

“我想，我应该上床睡觉了，明天还有工作。”

“既然这样，那好吧。”

他手撑着树，欲言又止地看着我。我看得出来他在期待什么，或者是担心什么。

①康尼岛，纽约的一处游乐胜地。

“我和贝克小姐谈过了，”等了一会儿我才说，“我明天打电话给黛西，请她到这里来喝茶。”

“哦，那好嘛，”他装作漫不经心地说，“我不希望给您添麻烦。”

“哪天对你合适？”

“哪天对你合适？”他马上纠正了我的话，“我不希望给你添麻烦，你明白的。”

我向我的住处望了望，他有点难为情地说道：“我得找人整理一下草坪。”

我们俩都看过去，然后低头看了看周围的草坪——我房屋门前的草坪杂乱无章、很随意地在那里生长着，盖茨比这边的草坪井然有序，像是受过训练的士兵，两边呈现出很清晰的界线。我明白了，盖茨比说的是要把我的草坪整理一下。

“另外还有一件小事。”他含混不清地说，然后犹疑了一会儿。

“你是不是希望推迟几天？”我问道。

“哦，跟那个没关系。至少……”他笨拙地一连开了几个头，“呃，我猜想……呃，我说，老伙计，你挣钱不多，是吧？”

“不太多。”

这似乎和他心中预料的所差无几，所以他更自信地说出了他的想法。

“我猜到了你可能挣得不多，希望你不要怪我对你有轻视的猜测。你知道吗，我除了主业还会附带做点小生意，这是我的副业吗，这么说你明白吧？我想既然你挣的钱不多——我听说你好像在卖债券，对吧，老伙计？”

“我还在正学习着干。”

“那么，这也许会引起你的兴趣。不需要花费很多时间，你就可以挣一笔可观的钱。碰巧是一件相当机密的事。”

我现在认识到，如果当时情况不同，那次谈话可能会是我一生中的一个转折点，但是，因为这个建议说得很露骨、很不得体，明摆着是为了酬谢我给他帮的忙，我别无选择，只有当场把他的话打断。

“不用了。我现在的工作都忙不过来。”我说，“谢谢你的好意，可是我每天的工作已经够多了，我不想也没有精力做其他副业，再次谢谢你的好意！”

“你和沃尔夫山姆不需要有任何关系。”很明显他以为我不喜欢吃午饭时说的那种“关系”，所以我告诉他他搞错了。他在那儿踟蹰了一阵，大概希望我能找个话题，可是我的心根本不在这儿，也就没有说话的心思，所以他只好硬着头皮回家去了，回到了那座富丽堂皇的别墅。

这一晚使我感到又飘然又快乐。大概我一走进自己的大门就倒头大睡，因此我不知道盖茨比究竟有没有去康尼岛，也不知道他又花了几个小时“随便看看房间”，同时他的房子继续刺眼地大放光明。第二天早晨我从办公室给黛西打了个电话，请她过来喝茶。

“不要带汤姆过来。”我劝告她。

“你说什么？”她不确定地问。

“不要带汤姆过来。”

"汤姆是谁？"她故意装作不认识地说。

到了约定的日子，那天天公不作美，竟然下起了倾盆大雨。上午十一点的时候，一个男子穿着雨衣，拉着割草机，敲了我的门。这时我想起我忘了告诉让我那芬兰女用人回来，于是我就开车到西卵镇上去，在湿淋淋的、两边是白石灰墙的小巷子里找她，同时买了一些茶杯、柠檬和鲜花。

花倒是我买多余了。在那天下午两点，从盖茨比家陆续有人送来了许多花和无数的插花器皿，一起放在暖和的房间里。一个小时后，我家大门被一个人小心翼翼地打开了，盖茨比穿着白色法兰绒西装，系着银色衬衫和金色的领带，神色慌慌张张地走了进来。他脸色苍白，顶着两个黑眼圈儿，让人一眼就看出他昨夜没睡好。

"一切都准备好了吗？"他进门就问。

"草地看上去很漂亮，如果你指的是草地。"

"什么草地？"他茫然地问道，"哦，你院子里的草地。"他从窗子里向外看，可是从他的表情看来，我相信他什么都没看见。

"看上去还不错。"他敷衍地说，"我看见一家报纸，应该是《纽约时报》说，在下午四点左右的时候雨就会停了。你准备好招待黛西喝茶的东西了吗？"

我主动带他去食品房看，芬兰女用人在里面，他瞅了一眼，似乎是看不上我这用人。我们两个仔细地把十二块柠檬蛋糕好好看了看，像是在打量一块块珍宝。

“这行吗？”我问道。

“当然行，当然行！好得很！”然后他又茫然地加了一声，“老伙计！”

三点半钟左右，雨渐渐收了，变成了湿雾，不时还有几滴雨水像露珠一样在雾里飘着。盖茨比心不在焉地翻阅着一本克莱的《经济学》，每当芬兰女用人的脚步震动着厨房的地板，他就会心神不宁，并且总是看向模糊的窗外。好像将要发生什么让人毛骨悚然的事，那惧怕的样子让人啼笑皆非①。他就这样坐立不安地等待着，最后他等不下去了，慌慌张张地站起来，摇摆不定地对我说，他现在想回家。

“现在回家？那是为什么呢？”

“没有人来喝茶啦。时间太晚了！”他看了看他的表，仿佛别处还有紧急的事等着他去办，“我不能等一整天。”

“别傻，现在刚刚四点差两分。”

他愁容满面地再次坐到椅子上，好像是我在强迫他坐下似的。这个时候，屋外传来了汽车鸣笛的声音，一辆气派的小车驶入了巷子，到屋外停了下来。我们两个都心神震动，不知怎么回事，我也慌了起来，亦步亦趋地跑到院子里迎接今天这个特殊的客人。

在滴着水、没有花的紫丁香树下，一辆大型的敞篷汽车沿着汽车道开了上来。车子停住了，黛西的脸在一顶三角形的浅紫色帽子下面歪向一边，满面春风、心花怒放地朝我看着。

---

①形容既令人难受，又让人觉得可笑。

“你千真万确是住在这儿吗，我最亲爱的人儿？”

她高亢美妙的声音在雨中让人听得出神。我先听了那个高低起伏的声音，然后听了一会儿才知道她在说什么。被雨打湿的头发像柳条紧紧贴在她的脸颊上，好像脸上涂了一缕蓝色的颜料。我搀扶着她从车上下来时，我看到她的手也被闪闪发光的水滴打湿了。

“你是爱上我了吗？”她悄悄在我耳朵边说，“要不然为什么我非得一个人来呢？”

“那是雷克兰特古堡①的秘密。叫你的司机走得远远的，过一个钟头再来。”

“过一个钟头再回来，弗迪。”然后她像煞有其事地低声说，“他名字叫弗迪。”

“汽油味道影响他的鼻子吗？”

“我想不会有影响。”她天真地问，“为什么呢？”

我没有接话，领着她走进了屋内，我还想如何解释盖茨比怎么会出现的时候，但真的走进去后让我大吃一惊，因为屋内空无一人，那个椅子上的盖茨比已经不在这里了。

“咦，这可真有趣。”我大声说。

“什么有趣？”

正在此刻，大门上有人斯文地轻轻敲了一声，她转过头去看。我走到外面去开门。盖茨比面如死灰，那只手像重物一样揣在上衣口袋里，两只脚站在一摊水里，神色凄惶悃地瞪着我的眼睛。

他大步从我身旁越进门廊，把手伸进上衣的口袋，像被线拉

---

①《雷克兰特古堡》为英国旧世纪女小说家埃奇沃思所著的恐怖小说。

了一样突然转过身去，进入起居室消失在视线中。那个样子一点儿也不滑稽。盖茨比走了，这和我们的初衷不一样，计划发生了变化，这时，我发现自己的心也七上八下的了，既有盖茨比没和黛西见面的解脱，又为此感到一些遗憾。外面的雨下得越来越大，我关上了大门。

有半分钟之久，一点声音也没有。然后我听到从起居室里传来一阵哽咽似的低语声和一点笑声，跟着就是黛西的嘹亮而做作的声音：

“又见到你，我真高兴极了。”

哦，盖茨比没走，他只是刚刚躲起来了。紧接着又是一阵可怕的寂静，我一个人在走廊无所事事，也走了过去。

盖茨比两手仍然揣在口袋里，正斜倚在壁炉架上，勉强装出一副悠然自得，甚至没精打采的样子。他的头往后仰，一直碰到一架早已报废的大台钟的钟面上。他那双显得心神错乱的眼睛从这个位置向下盯着黛西，她坐在一张硬背椅子的边上，神色惶恐，姿态倒很优美。

“我们以前是见过面的。”盖茨比嘟囔着说。他看了我一眼，想张开嘴唇笑一下，但又笑不出来，表情不受控制了。柜上的那个钟被他的头摇晃时不小心碰到了，他急忙转过身来，一把抓住摇摇晃晃的钟，用他那由于紧张而颤颤巍巍的手将其放回了原地。然后他慢条斯理地坐下，背笔直地挺着，两只手肘放在沙发的扶手上，手搭在下巴上。

“对不起，把钟碰了。”他说。

我自己的脸也涨得通红，像被热带的太阳晒过那样。我脑子里虽有千百句客套话，可是一句也说不出来。

“是一架很旧的钟。”我呆头呆脑地告诉他们。

我想我们当时有一会儿都相信那架钟已经在地板上砸得粉碎了。

“我们有好多年没见了。”黛西说，她的声音尽可能表现得平稳。

“到今年十一月就是整整五年了。”

盖茨比下意识的回答让我们都很吃惊，空气中又弥漫出寂静，大家都愣了将近一分钟。为了缓解气氛，我立刻出主意，让他们帮我在厨房准备茶。两人马上站起来，步调一致得像是经过排练，没想到这个时候，那个芬兰女用人不适宜地出现了——端着茶杯走了出来。

递茶杯、传蛋糕所造成的忙乱大受欢迎，在忙乱之中建立了一种有形的体统。盖茨比躲到一边去了，当我跟黛西交谈时，他用紧张而痛苦的眼睛认真地在我们两人之间看来看去。可是，因为平静本身并不是目的，我一有机会就找了个借口站起身来要走。

“你去哪里？”盖茨比看见我要走，手足无措地问道。

“我出去一下就回来。”

“你等一下，我有话对你说。”

他拉着我匆匆走进了厨房，关上门，低声痛苦地说：“噢，我的天啊！”

“怎么啦？”

“这是个大错，”他把头摇来摇去地说，“大错特错。”

“你不过是不好意思罢了，没别的。”幸好我又补了一句，“黛西也不好意思。”

“她也不好意思？”他不大相信地重复了我的话。

“跟你同样不好意思。”

“声音不要那么大。”

“你的行动像一个小孩，”我不耐烦地发作道，“不但如此，你也很没礼貌，让黛西孤零零一个人坐在那里面。”

他把手举起来示意我不要再说了，用一种无可奈何、幽怨的眼神看了我一眼，然后小心翼翼地打开门，又回到了刚刚的屋子。

我静悄悄地从后面打开门出去，半小时前盖茨比也悄悄地从这个门逃了出去，当时他紧张万分，还可笑地绕着房子跑了一大圈。我走向一棵乌黑亮丽的大树，树枝盘根错节，繁茂的枝叶在树冠上层层叠叠的，正好构成一块可以遮风避雨的幕布。此刻雨又下大了，我那片不成形的草地，虽然被盖茨比的园丁修剪得很整齐，现在却满是小泥潭和历史悠久的沼泽了。从树底下望出去，除了盖茨比庞大的房屋之外没有别的东西可看，于是我盯着它看了半个小时，好像康德[①]盯着他教堂的尖塔一样。这座房子是十年前一位酿酒商在那个“仿古热”初期建造的，

---

①康德（1724—1804），德国哲学家。

并且还有一个传闻，说他曾答应为所有邻近的小型别墅交五年的税金，大家只要在屋顶铺上草叶就行了。然而他们的拒绝也许给他“盖房子”的计划带来了致命的打击，所以他很快就衰弱了。他葬礼的花环还在门上挂着的时候，他的孩子已经把房子卖了。美国人虽然想成为农奴，也愿意成为农奴，但总是不想成为乡下人。

半小时以后，太阳又出来了，食品店的送货汽车沿着盖茨比的车道拐弯，送来他的仆人做晚饭用的原料——我敢肯定他本人一口也吃不下。一个女用人开始打开楼上的窗户，在每个窗口出现片刻，然后，从正中的大窗户探出身子，若有所思地向花园里啐了一口。该是我进屋看看的时候了。之前好一会儿雨一直下着，雨声滴滴答答，就像他们俩窃窃私语的声音，我不禁这样想着。有时他们谈到高兴的事情还会放声大笑，随着兴致的提升变得情绪高涨。现在雨停下了，世界都安静了，这突如其来的安静使我觉得房子里也变得安静了不少。我走了进去——先在厨房里做出一切可能的响声，差点两人就把炉灶推翻了——但我相信他们什么也没听见。他们分坐在长沙发两端，面面相觑，仿佛有什么问题提了出来，或者悬而未决，一切难为情的迹象也都消失了。黛西的脸上挂着泪痕，瞥见我进来她马上转过身拿出一块手帕，对着镜子擦拭起来。然而我发现一旁的盖茨比发生了可怕的变化，对比他刚刚的难为情，现在的他简直意气风发，甚至可以用光芒万丈来形容了。哪怕他没有对我们说出任何表达喜悦的措辞，但谁都能感觉到一种幸福感在他身上洋溢着，充满了那个小小的房间。

“哦，你好，老伙计。”他说，仿佛他有好多年没见过我了。有一会儿我还以为他想跟我握手哩。

“雨停了。”

“是吗？”等他明白我说的是什么，又发觉屋子里阳光闪烁时，他像一个气象预报员又像一个喜上眉梢的小孩子一样露出了笑容，兴冲冲地对黛西说，“你看多有意思，雨停了。”

“我真开心，杰伊。”她的声音还是那样的哀怨温婉，说出的话却是表达了溢于言表的喜悦之情。

“我邀请你和黛西去我家玩，”他对我说，“我很想让黛西去我家参观参观。”

“你确定让我也去？”

“我很确定，老伙计！”

黛西上楼去洗脸——我很羞惭地想起了我的毛巾，叮嘱已为时太晚了——盖茨比和我在草坪上等候。

“我的房子很好看，是不是？”他问道，“你瞧它整个正面都映照着阳光。”

我同意地说：“房子真是漂亮极了。”

“是的。”他用眼睛仔细打量了一番，每一扇拱门、每一座塔楼都看到了，“我只花了三年工夫就挣到了买房子的钱。”

“你的钱难道不是继承的遗产吗？”

“不错，老伙计，”他脱口而出，“但是我经历了大混乱时代，财产损失了一大半——就是那次我们参加的战争引起的大混乱。”

我觉得他自己都没弄明白自己所说的话，因为我在问他是做什么买卖的时候，他对我说的是："那是我自己的事情。"回答完后他才后知后觉地发现有点不大礼貌。

"哦，我干过好几行，"他改口说，"我做药材生意，后来又做过石油生意。可是现在这两行我都不干了。"他认真地看着我，"那么说你考虑过那天晚上我提的那件事了？"

我还没来得及回答，黛西就从房子里出来了，她衣服上的两排铜纽扣在阳光中闪烁。

"是那座磅礴大气的房子吗？"黛西指着那边的一栋房子大声问。

"是的，怎么样，你满意它吗？"

"我太满意了，但是那么大的房子你怎么一个人住呢，就没有其他人吗？"

"有时候会有一些人，我有时候会在我的房子里通宵达旦地款待一些有趣的人，或者做出过有意思的事情的人，还有一些大众熟知的名人。"

我们没有抄近路沿海边过去，而是绕到大路上，从巨大的后门进去的。黛西望着天空的中世纪城堡那黑黝黝的轮廓，用她那迷人的低语赞不绝口，一边走一边又赞赏花园，长寿花香、山楂花和梅花散发泡沫般的香气，我们赞美、吻别弥漫着淡淡香味的花，金色的花瓣像是在散发金子的香味。走到大理石的阶梯前面，我没有看到往日聚会时穿着华丽艳装的人从门口出来。今天这里，除了树上的鸟叫声以外，什么声音也听不到，真不可思议。

到了里面，我们漫步穿过玛丽·安托万内特[①]式的音乐厅和王政复辟时期[②]式样的小客厅，我觉得每张沙发、每张桌子后面都藏着客人，奉命屏息不动直到我们走过为止。当盖茨比关上“默顿学院[③]图书室”的门时，我可以发誓我听到了那个戴猫头鹰眼镜的人突然发出了鬼一般的笑声。

我们爬上楼梯，穿过一座座古式的卧室，里面铺满了好看的丝绸，有玫瑰色和淡紫色的。房间里放着正在盛开的五颜六色的鲜花，穿过一座座更衣室和弹子机房，看见了有自带地下浴池的浴室。一进卧室，里面有一个穿着邋遢睡衣的人就趴在地板上，还在做着俯卧撑。那是“住宿客”克里普特林格先生——我那天早上见过他，他在沙滩上流连忘返。最后我们来到盖茨比的套房，包括卧室、浴室和小书房，应有尽有，气派十足。我们在书房就座，盖茨比从橱柜拿出一瓶荨麻酒给我们喝。

他一刻不停地看着黛西，因此我想他是在把房子里的每一件东西都按照那双他所钟爱的眼睛里的反映重新估价。有时他也神情恍惚地向四面凝视他自己的财物，仿佛在她这个惊心动魄的真人面前，所有这些东西就没有一件是真实的了。有一次他差点从楼梯上滚了下去。

他自己的卧室是我们看见的所有房间中最简陋的房间。唯一能看的就是化妆台上装饰着纯金的化妆用具。黛西走过去，兴致

---

①玛丽·安托万内特（1755—1793），法国国王路易十六的王后，在大革命中被送上断头台。

②英国世纪中叶第一次资产阶级革命失败后，英王查理二世于1660年复辟。

③默顿学院，牛津大学的一个学院，以藏书丰富闻名。

勃勃地拿起一把梳子对着镜子梳头发，这情形让盖茨比高兴坏了，捂住眼睛笑个不停。

“这真是最可笑的事情，老伙计，”他红光满面地说，“我简直难以置信……我想……”

显而易见，他已经历了两种精神状态，现在正进入第三种。他起初局促不安，继而欣喜若狂，目前又由于她出现在眼前感到过分惊异而不能自持了。这件事是他梦寐以求，就像咬牙切齿地在期待着一样，这种愿望如此强烈，令人惊叹，令人侧目。现在，作为回应他的愿望实现了，他反而像一个绷紧了发条的时钟，显得有点筋疲力尽。

过了一会儿，精神恢复之后，他为我们打开了两个非常讲究的特大衣橱，里面装满了他的西装、晨衣和领带，还有一打一打像砖头一样堆起来的衬衣。

“有一个人专门在英国替我买衣服。每年春、秋两季开始的时候，他都挑选一些东西寄给我。”

他把那堆叠如山的衬衫一样一样地拿出来，开始一件一件地扔在我们面前。薄的亚麻衬衫、厚丝绸衬衫、薄的法兰绒衬衫都哗啦哗啦地掉落下来，桌子上各种各样颜色的衣服摆了一堆。我们都还在开心地看着的时候，他又会抱来别的衣服，一堆又软又贵的衬衫越堆越高了——条纹衬衫，花纹衬衫，格子衬衫，珊瑚色，苹果绿，淡紫色，橙色，这些衣服上面刺绣着他的名字交织的英文字母。突然，黛西发出了与高兴相悖的声音，她把头埋在衬衫山上，不明所以地大声哭了起来。

“这些衬衫这么美，”她呜咽地说，她的声音在厚厚的衣堆里闷哑了，“我看了很伤心，因为我从来没见过这么——这么美的衬衫。”

看过房子之后，我们本来还要去看看庭园和游泳池、水上飞机和仲夏的繁花——但是盖茨比的窗外又下起雨来了，因此我们三人就站成一排远眺水波荡漾的海面。

“要是没有雾的话，我们就能看到海湾对面的房子。”盖茨比自顾自地说：“你家那边的码头上，总是有一盏明亮不灭的绿灯。”

黛西突然伸出手挽着盖茨比的胳膊，但他似乎沉迷于刚才所说的话。他可能忽然想起那盏灯一直以来对他的意义，他每天站在自家码头上静静眺望的那道绿光，那种意义现在永远消失了。和那把他跟黛西分开的遥远距离相比较，那盏灯曾经似乎离她很近，几乎碰得着她，就好像一颗星星离月亮那么近一样。现在它又是码头上的一盏绿灯了。而盖茨比那神奇的宝物已经减少了一件。

我开始在房间里散步，这里瞧瞧，那里看看。在灯光不太明亮的房间里，我看着种类繁多的挂饰，而这时，一张穿着帆船套装的年纪偏大的男人的照片，吸引了我的注意力，这张照片挂在他桌子前的墙上。

“这是谁？”

“哪个？那是丹·科迪先生，老伙计。”

我觉得这个名字听着有些熟悉。

“他已经去世了，以前他是我最好的朋友。”

五斗橱上有一张盖茨比本人的小相片，也是穿着游艇服的——盖茨比昂着头，一副满不在乎的神气——显然是十八岁左右照的。

“我真爱这张相片，”黛西嚷嚷道，“这个笔直的、向后梳的发型！你从来没告诉我你留过这种笔直的、向后梳的发型，也没告诉我你有一艘游艇。”

“你来看这个，”盖茨比赶忙转移话题说，“这是我多年前收集到的从报纸上剪下的照片——都是你的样子。”

他们站在一起仔细地观看着每一张样片，我打心底想着：他们才是真正的一对情侣。我也正准备走进去看是什么样珍贵的相片，这个时候另一个房间的电话响起了，盖茨比放下东西，走过去接听电话。

“是的……噢，我现在不便谈……我现在不便谈，老伙计……我说的是一个小城……他一定知道什么是小城……得啦，他对我们没什么用处，如果底特律[1]就是他心目中的小城……”

他把电话挂上。

“到这儿来，快！”黛西在窗口喊道。

雨还在下，可是西方的乌云已经拨开，海湾上空翻滚着粉红色和金色的云霞。

“快看那个，”黛西低声唤着，她看得出神，过了一会儿说，“我要是能把那一朵粉红色的云彩摘下来就好了，这样我就可以把你放在云上摇来摇去。”

我想先离开，向他们告辞时，他们说什么也不让我走，我想，

---

①美国密歇根州最大的城市。

也许只有我在场他们才能有一个心安理得地待在一起的理由吧。

“我知道我们干什么好了，”盖茨比说，“我们让克利普斯普林格弹钢琴。”

他走出屋子喊了一声“艾温”，又过了几分钟才回来，带来一个难为情的、面容有点憔悴的年轻人，这年轻人戴着一副玳瑁边眼镜，金黄色的头发稀稀疏疏的。他现在衣服整齐一些了，穿着一件敞领的运动衫、一双运动鞋和一条颜色不清的帆布裤。

“你好，我们刚刚有打扰到你做俯卧撑了吗？”黛西友好地问道。

“我刚刚在睡觉。”克利普斯普林格先生有些不好意思，出乎意料地说，“我的意思是，我刚开始在睡觉，后来醒了就起床了……”

“克利普斯普林格钢琴弹得不错，”盖茨比没有让他继续喋喋不休，“是这样吧，艾温，老伙计？”

“我不会弹钢琴，我根本……我弹得……不好，我很久没……”

“我们到楼下去。”盖茨比打断了他的话。他拨了一个开关，整个房子立刻大放光明，灰暗的窗户都不见了。

在音乐厅里，盖茨比只扭开钢琴旁边的一盏灯。他颤抖着用一根火柴点燃了黛西的香烟，然后他们两个坐在远处一张长长的沙发上等着欣赏，那个位置比较阴暗，除去地板上反射有一丝光线之外，就没有别的光亮了。

克利普斯普林格还是弹奏完了一曲《爱情的安乐窝》，然后他在条凳上转过身来看着盖茨比，不大开心地对着那处阴暗说：

“我好久没弹了，你看。我告诉你我不会弹。我好久没弹……”

“别说那么多，老伙计，”盖茨比命令道，“弹吧！”

每天早上，

每天晚上，

玩得欢畅……

外面风很大，夹杂着从海湾岸边传来微弱的雷声，似乎要惊醒着什么。现在已经是晚上了，西卵的灯全都亮了起来。轨道上的列车也满载而归，在雨中从纽约飞快地跑了回来。空气中充满着人们的兴奋和期望，仿佛在预示着将要发生什么大事情。

有一件事是千真万确，

富的生财，穷的生——孩子。

在这同时，

在这期间……

我走过去告辞的时候，看到那种恍惚的表情又出现在盖茨比脸上，仿佛他有点怀疑他目前幸福的真实性。几乎五年了！那天下午一定有过一些时刻，让盖茨比感到黛西远不如自己心中所想的无瑕的形象——这不是黛西的错。这是盖茨比对黛西的幻想，是他在脑海里对黛西形象的勾勒太过完美，这种完美焕发出巨大的活力，而现在，那美好的幻梦超过了真实存在的黛西，远远地超越了黛西的所有。他用尽全力投入这个美丽的幻梦的创造中，不断地增添美好，甚至空中飘来的每一根羽毛他都能用来为幻梦增砖添瓦。一个人如果总是精心于幻想中的美丽，那么这种想象凝聚出来的情感是可以完全超过现实的激情和活力的。我注视着他的时候，看得出来他在悄悄使自己适应眼前的现实。他伸出手去抓住她的手。她低低地在他耳边说了点什么，他听了就感情冲动地转向她。我认为最使他着迷的是她那激越昂扬的声音，因为那是无论怎样都不可能企及的——那声音是一曲永恒的歌。

两人已经完全忘记了我，而黛西抬起头无意之中看了我一眼，这才想起我来，她伸出了手向我打招呼。盖茨比现在完全不认识我了，彻底把我抛在脑后。我又仔细看了看他们两个人，他们一起看着我，这么近的距离，我却仿佛和他们远在天涯，只剩下他们沉浸在无法自拔的强烈感情中。我意识到我不能再不合时宜地待在这里了，于是我马上走出房间，下了大理石的阶梯信步进入雨中，留下他们单独在一起。

点评：

梦想之所以是梦想，就是因为它的完美性和可追求性。黛西是盖茨比穷尽一生的梦，是他为之努力的方向，在盖茨比心里，黛西已经不是一个人，而是一位被理想化的完美形象，这是现在的她之于理想的她有巨大落差感的主要原因。有些时候，或许追梦的过程比得偿所愿显得更美好。

第六章　黛西和汤姆参加盖茨比的宴会

盖茨比本是贫穷的，他却拥有了贫穷不足以支撑起的梦想，他需要有一个跳板，以此跳出贫穷的牢笼，跳进他精心编制的梦，去靠近那深情的可人儿……

大概在这个时候，有一天早上，一个雄心勃勃的年轻记者从纽约来到盖茨比的大门口，问他有没有什么话要说。

“关于什么的话？”盖茨比很客气地问道。

“呃——发表个什么声明。”

在混乱了五分钟后，事情终于清楚了。原来这个人在他的报社听说过盖茨比的名字，但为什么会提到他，他没有告诉我们，我甚至怀疑他自己都没有弄明白。而这天他休息，就兴致勃勃地跑出城，来到了盖茨比的别墅。

这不过是碰碰运气，然而这位记者的直觉却是对的。千百个人在他家做过客，因而成为他的经历的权威，由于他们的宣扬，盖茨比的名声在这个夏天越来越大，他只差一点就要成为新闻人物了。当时的各种传奇，像“通往加拿大的地下管道”之类，都和他挂上了钩，另外流传得最广的一个荒诞之言，是说他的住处，盖茨比不住房子而是住在一艘船上，这艘船看上去就像房子一般，经常沿着长岛海岸不为人知地随波漂荡。至于为什么来自北达科他州的杰姆斯·盖兹对这些闲话不屑一顾，反而还感到很满足，这倒是不好去回答。

杰姆斯·盖兹——这是他的真实姓名，至少是他法律上的姓名。他是在十七岁时改名换姓的，也是在他一生事业开端的那个特定时刻——当时他看见丹·科迪先生的游艇在苏必利尔湖[①]上最险恶的沙洲上抛锚。那天下午，身穿一件破旧的绿色运动衫和一条帆布裤在沙滩上游荡的是杰姆斯·盖兹，他看见这个情况，出于好心向附近借来一条小船，奋力划到了托洛美号去告诉科迪半小时后会刮起飓风，他的船只如果一直是这个状态的话，很可能有沉没的危险。从那时开始，杰姆斯·盖兹就更名为杰伊·盖茨比了。

---

①苏必利尔湖，美国五大湖之一。

我猜，就在当时他也早已把这个名字想好了。他的父母是碌碌无为的庄稼人——他的想象力根本从来没有真正承认他们是自己的父母。实际上长岛西卵的杰伊·盖茨比来自他对自己的柏拉图式的理念。他是上帝的儿子——这个称号，如果有什么意义的话，就是字面的意思——所以他应该效忠于一个天父，献身于一种广大、俗气、不具实形的美。而他虚构的这个对象，正是一个十七八岁年纪的人爱幻想的东西，因此诞生了杰伊·盖茨比的名字，而他一直坚信地向着杰伊·盖茨比的形象奔去。

一年多来，他沿着苏必利尔湖南岸奔波，或是捕鲑鱼，或是捞蛤蜊，或是干任何其他能为他挣来食宿的杂事。在那些风吹日晒的日子里，干着时松时紧的活计，他有着晒得黝黑、越来越棒的身体。他早就跟女人发生了关系，并且由于女人过分宠爱他，他反而对这些女人瞧不上眼。盖茨比看不上年纪轻轻的女人呢，是因为他觉得她们年少无知；他更看不上另一种女人——聒噪的女人，总是因为一点鸡毛蒜皮的小事而吵闹不休。他眼光很高，他也享受这种骄傲的生活姿态，所以他对人处事就显得理所当然了。

但是他的内心却经常处于激荡不安的状态。夜晚躺在床上的时候，各种怪诞的幻想纷至沓来。一个绚丽得无法形容的宇宙展现在他的脑海里，这时小钟在洗脸架上嘀嗒嘀嗒地响着，月亮用水一般的光浸泡着他那乱七八糟被扔在地上的衣服。每夜他都给他那些幻想的图案添枝加叶，这些美好的画面是那么的生动且让他心动，一直进入睡梦中，他才能短暂忘记这一切。有一段日子，他找到了一个让他梦幻倾泻的地方，它们暗含着现实是有多么的不切实际，但是能让人获得满足，因为它们认为，这个世界的建立有多么不可想象，建立在仙女的翅膀上的世界，不仅美好而且坚不可破。

几个月以前，一种追求未来的光荣本能地促使他前往明尼苏达州南部路德教的小圣奥拉夫学院。他在那里只待了两个星期，一方面是学院对他的麻木不仁让他感觉到沮丧，一方面鄙视他为了挣钱作为学习费用而干的勤杂工工作。后来他东飘西荡又回到了苏必利尔湖，那天他还在寻思找点什么活儿干的时候，丹·科迪的游艇在湖边的浅滩上抛下锚来。

科迪在认识盖茨比的时候，已经五十岁了，他是从事内华达州的银矿、育空地区[①]的金矿产业的。科迪也算是比较出名的，因为在一八七五年多次的淘金热就是由他一手促成的。他的成功源于他在蒙大拿州做的铜矿生意，据说资产达到了上百万美元，名符其实的富甲一方。他虽然年近半百，但身体却依旧健康壮硕，唯一不足的就是脑子不太灵光了，这个缺陷被许多有心机的女人发现，于是绞尽脑汁地接近他，谋取他的钱财。那个名叫埃拉·凯的女记者抓住他的弱点扮演了德曼特农夫人[②]的角色，怂恿他乘上游艇去航海，她所要的那些不太体面的手腕是一九〇二年耸人听闻的报刊争相

①育空地区，加拿大西部地区，19世纪末叶发现新金矿。
②德曼特农夫人，17世纪法国国王路易十四的情妇，后秘密成婚。

报道的新闻。他沿着有着过分殷勤好客的居民的海岸航行了五年之后，就在这天驶入小姑娘湾，成为杰姆斯·盖兹命运的主宰。

盖茨比还年轻的时候，站在船头，手扶着船沿，目光环视围栏被加固了的甲板，这些东西，这艘船上的所有东西，在他看来就是这世界上最美丽和最有魅力的了。我觉得他一定是对科迪笑了，因为他一定知道他的笑是那么的让人喜闻乐见。不管怎么样，科迪还是注意到了他，对他很感兴趣，科迪问了他几个问题（其中之一引出了这个崭新的名字），发觉他聪明伶俐而且雄心不小。几天之后他把他带到德卢恩①城，替他买了一件蓝色海员服、六条白帆布裤子和一顶游艇帽。等到托洛美号启程前往西印度群岛和巴巴里海岸②的时候，盖茨比也离开了。

他作为一个不太明确的私人员工为科迪工作着，他做过听差、大副、船长、秘书，就连监守都干过。对盖茨比的态度，科迪很清楚，他知道他需要盖茨比，每当自己喝醉了酒做出一些挥霍钱财的傻事时就需要盖茨比站出来制止他，因此他对盖茨比是越来越看重。这样的生活持续了五年，在这期间，那艘船环绕了美洲大陆三次。它本来可能无限期地继续下去，要不是有一晚在波士顿，埃拉·凯上了船，一星期后丹·科迪就毫不客气地死掉了。

我记得他那张挂在盖茨比卧室里的相片，一个头发花白、服饰花哨的老头子，一张冷酷无情、内心空虚的脸——典型的沉湎

①德卢恩，苏必利尔湖上的一个港口。

②巴巴里海岸，埃及以西的北非伊斯兰教地区。

酒色的拓荒者，这帮人在美国生活的某一阶段把边疆妓院粗野放浪的风气带回到了东部临海地区。盖茨比不爱喝酒，还多亏了科迪。在船上的日子，常常会有闹腾的女人把香槟酒水倒在他的头发上，这使他更厌恶了，以至养成了现在的不主观、不刻意地沾染酒水的习惯。

他本来也是从科迪那里继承了钱——一笔两万五千美元的遗赠，可他并没拿到钱。他始终也没懂得人家用来对付他的法律手段，但是千百万财产剩下多少通通归了埃拉·凯。他只得到了他那异常恰当的教育，杰伊·盖茨比模糊的轮廓已经逐渐充实成为一个血肉丰满的人了。

这些都是他很久以后告诉我的，我为什么会写在这里，是为了反驳有关他的来历的荒唐的谣言，那些是毫无根据的事。另外，他还告诉我，那是他处于非常混乱的状态下对我说的。而那个时候关于他的种种传言我已经开始半信半疑了。所以我现在利用这短暂的停顿，好像也是在趁着盖茨比喘口气、歇一会儿的工夫，来澄清一些事情，消除这些误会。

在我和他的交往之中，这也是一个停顿。有好几个星期我既没和他见面，也没在电话里听到过他的声音——大部分时间我是在纽约跟乔丹四处跑，同时极力讨她那老朽的姑妈的欢心——终于有一天，我在周末的午后去他家看看了。我才刚进门不到两分钟，一个我从没见过的人带着汤姆·布坎农来到了这里喝酒聚会。我感到很是惊讶，因为汤姆还是头一次来这里，也不知道是什么原因会突然来访。

他们一行三人是骑马来的：汤姆和一个姓斯隆的男人，还有一个身穿棕色骑装的漂亮女人——是以前来过的。

“我很高兴见到你们，”盖茨比站在阳台上说，“我很高兴你们光临。”

仿佛承他们的情似的！

“快请坐，快请坐。要不要来一支香烟，或者来支雪茄？”他漫无目的地在屋内忙活着，还一边打铃叫人，“我现在就叫人送些吃的喝的过来。”

对于汤姆的不请自来让盖茨比心头狂震。不论如何，他都感到紧张不安，那就先招待着他们一点什么，而盖茨比好像也隐约感受到汤姆的来意。斯隆先生对什么都不感兴趣。

“来杯柠檬水？”

“不要，谢谢。”

“来点香槟吧？”

“什么都不要，谢谢。”

“……对不起……”

“你们骑马骑得很痛快吧？”

“这一带的路很好。”

“大概来往的汽车……”

“是吗？”

之前汤姆和盖茨比相互介绍的时候，汤姆只当是两人的第一次见面，因为他印象中也确实是第一次正式见面。盖茨比冷不防地突然转身说道：“我觉得我们是不是在什么地方见过，布坎农先生？”

“哦，对的，”汤姆面无表情，敷衍而又有礼貌地说，他明明记不起来什么时候见过，“我们一定有见过的，我还有些印象。”

“是两星期前，那天……”盖茨比提醒说。

“对啦。你是跟尼克在一起的。”

“我认识你太太。”盖茨比接下去说，几乎有一点儿挑衅的意味。

“是吗？”

汤姆转头朝向我。

“你住在这附近吗，尼克？”

“就在隔壁。”

“是吗？”

斯隆先生表现得很安静，没有参与到他们的聊天之中，而是横七竖八地躺在他的椅子上，那个同行的女人也没开口说话——在经过了两杯姜汁威士忌后，她一改沉默的形象，像是变了个人似的，开始说说笑笑了起来。

“我们都来参加你下次的晚会，盖茨比先生，”她提议说，“你看好不好？”

“当然好了。你们能来，我太高兴了。”

“那好吧，”斯隆先生毫不承情地说，“呃——我看该回家了。”

“请不要忙着离开。”盖茨比挽留着说。他现在已经镇定了不少，已经可以控制自己的情绪，而且他还想多了解了解汤姆。“你们为什么不留下吃个晚饭再走呢？指不定待会儿就会有别的熟人从纽约到来。”

“你去我们家做客吧。”那位太太热情地说，“你们俩一起来呀！”

这也包括了我。这时，斯隆先生站起身来。

“我是认真的，”她坚持说，“我真希望你们来后都坐得下。”

盖茨比疑惑地看着我。他想去，但他也看出斯隆先生打定了主意不让他去。

“我恐怕去不了。”我说。

“那么你来。”她极力怂恿盖茨比一个人。

斯隆先生在她耳边小声说着什么。

“我们哪怕现在就走，时间上也是来得及的，一点儿也不晚。”她坚持说道。

“我家没有养马，”盖茨比说，“我虽然会骑马，在军队里倒是经常骑马，但我自己却从来没有买过马，所以我只能开车跟着你们去了。抱歉，稍等我一下，随后就来。”

我们几个人在外面的阳台上等他，斯隆先生和太太在一边争论不休。

“我的天，我相信这家伙真的要来，”汤姆说，“难道他不知道她并不要他来吗？”

“她说她要他来的嘛。”

“她要举行盛大的宴会，他在那儿一个人都不会认得的。”他皱皱眉头，“我真纳闷他到底在哪儿认识黛西的。天晓得，也许我的思想太古板，但是这年头女人到处乱跑，我可看不惯。她们会遇上各式各样的怪物。”

然后，斯隆先生和太太率先走在前面，骑上了马。

“走吧，”斯隆先生对汤姆说，“现在已经晚了，该走了，不能等下去了。”然后又对我说，“请你告诉盖茨比先生，我们必须得先行一步，不能再等他了，好吗？”

只有汤姆还算礼貌地和我握了握手，其他人都只是冷漠地示意点头。很快，他们一行三人就骑马沿着车道离开了，消失在无边的树荫之间。而这时，盖茨比正从大门出来，手里还拿着帽子和一件轻薄的外套。

汤姆对于黛西单独四处乱跑显然放不下心来，因为下个星期六晚上他和她要一道来参加盖茨比的晚会。也许是由于他在场，那次晚会有一种特殊的沉闷气氛——它鲜明地留在了我的记忆里，与那个夏天盖茨比的其他晚会迥然不同。同样还是那的人，或者至少是同一类的人，同样的香槟不间断地送来，同样的食物依然和以前一样五颜六色，还有照常叽叽喳喳的喧闹，我却感觉到很不自在，全然没有了以前的放松感，反而让我感觉无比厌恶。这种原因，我想，可能是我已经对东卵的风情渐渐习惯，而对西卵的东西产生排斥，觉得西卵是一个独立的世界，和东卵不相融合。西卵有着独特的待人接物的标准，对待大人物和小人物层次分明，而此刻我却通过黛西的眼睛重新去看这一切。要通过新的眼睛去看那些你已经花了很多气力才适应的事物，那总是令人难受的。

他们在黄昏时刻到达，然后当我们几个人漫步到几百名珠光宝气的客人当中时，黛西的声音在她喉咙里玩着呢呢喃喃的花样。

“这里的东西太让我高兴了。”她轻声说，“今晚上不论什么时候，如果你想吻我的话，尼克，你直接告诉我就好了，我一定开心地为你准备。只要你叫我的名字就可以了，又或者你能拿出一张绿色的帖子。噢，你看，我现在正在发放绿色的……”

“四处走走，多看一看。”盖茨比在一旁催着她。

“我正在四处看啊。我真开心极……”

“你一定看到许多你听见过的人物的面孔。”

汤姆傲慢的眼睛向人群一扫。“我们平时不大外出，”他说，“实际上，我刚才正在想我在这里一个人都不认识。”

“你看那儿，也许你应该认识那位小姐。”

盖茨比伸手一指，我们顺着他手指的方向看去，一位亭亭玉立、皮肤白皙的曼妙佳人优雅地坐在一棵白梅树下。汤姆和黛西都挪不开眼睛，盯着她似乎是在反复确认，过了片刻，终于和心中所想的那个人重合。他们认出来了，这是一位大明星，平时只能在银幕上见得到的人，今天就这么活脱脱地出现在眼前，真是难以置信。

“她真美啊。”黛西说。

“站在她身边弯着腰的是她的导演。”

盖茨比尽地主之谊，领着黛西和汤姆，礼貌地将他们一一介绍给在场的客人。“这位是布坎农夫人——这位是布坎农先生，”盖茨比稍微停顿了一下，又补充道，“布坎农先生是马球健将。”

“不是的，”汤姆连忙否认，“我可不是。”

但是盖茨比显然喜欢这个名称的含义，因为之后整个晚上汤姆就会一直是“马球健将”。

“我从来没见过这么多名人，”黛西兴奋地说，“我喜欢那个人——他叫什么名字来着？就是鼻子有点发青的那个。”

盖茨比说出了他的名字，还说他的职业是一个小制片商。

“噢，我倒是对他挺喜欢的。”

“如果可以的话，我一定不选择顶着‘马球健将’的名号。”汤姆高兴地说了下去，“我更想——以一个名不见经传的普通人身份安安静静地看他们这些名人。”

黛西和盖茨比跳了舞。我记得我当时看到他跳着优雅的老式狐步舞时感到很诧异——我以前从未见过他跳舞。后来他俩溜到我家，在我的台阶上坐了半个小时，她让我待在园子里把风。“万一着火或是发大水，”她解释道，“或是什么天灾的啦。”

我们坐在一起吃晚饭的时候，汤姆不知从哪里又悄无声息地冒出来了。“我可以去那边和那群人吃饭吗？”他说，“那边的一个家伙正在大声地讲着笑话，我想去看看。”

“你去吧。”黛西和和气气地说，“你要是想留下几个别人的住址，就带着我的小金铅笔。”……过了一阵，黛西向四周打量一圈，对我吐槽那边的一个女孩“长得漂亮就是太俗气了”，于是我知道她并没有我想象中玩得那么开心，当然除了和盖茨比单独相处的半小时。

我们这一桌的人喝得特别醉。这得怪我不好——盖茨比被叫去听电话，又碰巧两星期前我还觉得这些人挺有意思，但是当时我觉得好玩的晚上变得索然无味了。于是我们就在一直喝酒。

“你感觉怎么样，贝达克小姐？”

我对她说话的时候，她正要渐渐倒向我的肩膀，当然她最后没有成功。因为在我出声的时候，她惊醒了一些，然后坐直身子，睁开双眼。

“你说什么？”

一个身材健美壮实、带着慵懒气质的女人，她还在一个劲儿地说服黛西明天和她一起去本地的一个俱乐部打高尔夫球，现在听到我的话就来为贝达克小姐解释了：

“噢，她现在什么事也没有了。她每次五六杯鸡尾酒下肚，总是这样大喊大叫。我跟她说她不应当喝酒。”

“我是不喝酒。”受到指责的那个人随口说道。

“我们听到你嚷嚷，于是我跟这位希维特大夫说，‘那里有人需要您帮忙，大夫。’”

“我相信她一定是怀着万分的感激，”旁边一位朋友说，但语气里却全无感激的意思，“但是你把她的头按进了游泳池，而且她的衣服都完全打湿了。”

“我最恨别人把我的脑袋按进游泳池了。”贝达克小姐嘀咕着，“在新泽西州有一次，他们也是这样，差点淹死我了。”

“那你就不应当喝酒嘛。”希维特大夫堵她的嘴说。

“说你自己吧！”贝达克小姐激烈地大喊道，“你的手发抖。我才不会让你给我开刀哩！”

情况就是这样。我记得最后的一件事差不多是我和黛西站在一起望着那位电影导演和他的“大明星”。他们还是在那棵白梅树下，两个人的脸挨得非常近，脸与脸的缝隙间只够露出一丝微白的月光。我突然想起来，他们一晚上都没离开过那里，他也许正一点一点缓慢地弯下身子，才挨得这么近，就在我还在遐想间，他终于突破了最后一缕月光的距离，亲吻到了女明星的脸上。

“我喜欢她，”黛西说，“我觉得她美极了。”

但是其他的一切她都讨厌——而且是不容置辩[1]的，因为这并不是一种姿态，而是一种感情。她十分厌恶西卵，这个像百老汇一样，但被强加成一个长岛渔村上没有先例的“胜地”——这里与生俱来有一种不遵循基本现实守则的狂放的生命力，但是在这里居住的人的命运却出乎意料之外——他们从一无所有，到小有成就，再到一无所有，这些都是让她厌恶的原因。这里所有的东西在她那因为不了解而显得非常懵懂的眼睛里，化为了一些十分可怕的东西。

他们在等车子开过来的时候，我和他们一同坐在大门前的台阶上。这里很暗，只有敞开的门向幽暗的黎明射出十平方英尺的亮光。有时楼上化妆室的遮光帘上有一个人影掠过，然后又出现一个人影，络绎不绝的女客对着一面看不见的镜子涂脂抹粉。

“这个盖茨比是干什么的？”汤姆冷不防地问我，“难道是一个私酒贩子？”

---

①不容许别人进行辩解。指没有辩护的余地。

“你听谁说的？”我不解地问他。

“没有人给我说，是我自己猜测的。许多这样的暴发户不都是做私酒发财的吗？你得知道。”

“盖茨比不是做这个的。”我慢条斯理地说。

他沉默了一会儿。汽车道上的小石子在他脚底下咔嚓作响。

“我说，他一定花了很大的气力才搜罗到这么一大帮牛头马面。”

一阵微风吹动了黛西的毛茸茸的灰皮领子。

“至少他们比我们认得的人有趣。”她有点勉强地说。

“但是你看上去玩得也不是很开心嘛。”

“哦，我很开心。”

汤姆放声大笑，又对我说：

“刚刚有个女孩想让黛西帮她淋冷水浴的时候，你那时看到黛西的脸色了吗？”

黛西跟着音乐沙哑而有节奏地低声唱了起来，把每个字都唱出一种以前从未有过、以后也决不会再有的意义。当曲调升高的时候，她的嗓音也跟着改变，悠扬婉转，正是女低音的本色，而且每一点变化都在空气中散发出一点她那温暖的、人情味很浓的魔力。

“这里的好多人都是没有接到邀请的。”黛西突然说，“那个女人就是自己来的，盖茨比没有邀请她。这些人都直接上门地不请自来，但是盖茨比又太客气了，就不好拒绝别人。”

“我实在是想知道盖茨比是什么人，做着什么生意。”汤姆坚持说道，“我一定会打探清楚的。”

“我马上就可以告诉你，”她答道，“他是开药房的，好多家药房是他一手创办起来的。”

这时，那辆姗姗来迟的大型轿车沿着汽车道开了上来。

“晚安，尼克。”黛西说。

她的目光离开了我，朝着灯光照亮的最上一层台阶看去，在那里，一支当年流行的哀婉动人的小华尔兹舞曲《凌晨三点钟》正从敞开的大门传了出来。话说回来，正是在盖茨比的晚会随随便便的气氛之中，就有她自己的世界中完全没有的种种浪漫的可能性。那哀婉动人的歌声好像在召唤她回到里面。就在现在，在这样的一个时刻弥漫出一丝黯淡和一种不明所以的紧张。或许在下一秒，一位倾国倾城的客人就翩然而至、一位不食人间烟火得让人惊艳拜倒的绝世仙女、一位真实存在且不可方物的美人，只要她对着盖茨比表露一点心意，来一场美丽的邂逅，他就可以把这五年来珍贵倍至的爱情毅然打碎。

那一夜我待到很晚，盖茨比要我待到他可以脱身，于是我就在花园里徘徊，一直待到最后一群游泳的客人兴奋地从黑黝黝的海滩那跑上来，一直等到楼上各间客房里的灯全都熄灭了，等到最后只剩他从台阶下来，他那被阳光晒得黝黑的皮肤贴在脸上更显紧绷，他的眼睛还是那么明亮，虽然有些疲倦。

“她不喜欢这个晚会。”他马上就说。

“她当然喜欢啦。”

“她不喜欢，”他固执地说，“她玩得不开心。”

他没有再说话，我想他心里一定很郁闷。

“我觉得我和她之间的距离很远。”他痛苦地说，“我不知道怎么让她理解我。这很难做到。”

“你指的是这个舞会吗？”

“这个舞会？”他伸手一挥，否定了和舞会有关的说法，好像他举办的所有舞会都失去了意义，“老伙计，舞会对我来说不重要。”

他要求黛西的，不过是要她跑去跟汤姆说：“我从来没有爱过你。”等她用那句话把四年的感情一笔勾销之后，他俩就可以研究决定那些需要采取更加实际的步骤。其中之一就是，等她恢复了自由，他俩就回路易斯维尔去，从她家里出发到教堂去举行婚礼——就仿佛五年以前一样。

“可是她不能理解我要求她这么做。”他说，“她以前是可以理解的。我们待在一起，常常一坐就是几个小时……”

他忽然沉默了。他在一条无人的小路上不断走来走去，那条路上到处是客人留下的痕迹——无主的礼物和踩过的鲜花，还有吃过的水果皮。

“我看对她不宜要求过高，”我冒昧地说，“你不能重温旧梦的。”

“不能重温旧梦？”他十分不以为然地喊道，“哪儿的话，我当然能够！”

他发狂地东张西望，仿佛他的旧梦就隐藏在这里，他的房子的阴影里，几乎一伸手就可以抓到一样。

“我要把一切都安排得跟过去一模一样，”他说着坚决地点点头，“她会看到的。”

他对于往事有着很深的执念，一提到过往就滔滔不绝地说着他心中遗留的美好。所以，我猜他可能是想从往事中重新找到一些让他有所收获的什么东西，或许是一种信念，记录他和黛西之间爱情的某种信念。自从那个时候开始，他的生活变得杂乱无章，但是如果能给他一次回到某个出发点的机会，让他重新把那些走过的路再走一遍，他也就可以发现是什么东西让他如此难以割舍了。

一个秋天的夜晚，五年以前，落叶纷纷的时候，他俩走在街上，走到一处没有树的地方，人行道被月光照得发白。他们停了下来，面对面站着。那是一个凉爽的夜晚，那是一年两度的季节的交替时节，空气中飘荡着一种未知的、让人精神振奋的绵绵情意。每家每户的灯光好像在对着黑夜歌唱助兴，高高悬挂的繁星好像在忙碌着什么神秘活动。盖茨比从他的眼角里看到一段段的人行道构成了一架梯子，通向树顶上空一个秘密的地方——他可以攀登上去，如果他独自攀登的话，一登上去他就可以吮吸生命的浆液，大口吞咽那无与伦比的神奇的奶汁。

他的心怦怦直跳，并且越来越快——黛西白皙可人的脸庞凑近到了他的面前。他的心里对眼前这个心仪的姑娘充满憧憬，憧憬着那一吻，而当这个憧憬实现的时候，那时他们会发生不可思议的变化，他们的呼吸融合在一起，直到永远。而他的心灵也就有了寄托，不会再漫无目的地像上帝的心灵一样在世间飘荡。因此他等着，再倾听一会儿那已经在一颗星星上敲响的音响。然后他吻了她。经他的嘴唇一碰，她就像一朵鲜花一样为他开放，于是这个理想的化身就完成了。

他的这些心灵独白，饱含着他不堪回首的深情，这使我也有了触动，让我想到了我记忆里的什么……我在多年之前，记不起在什么地方听到过一个朦朦胧胧的节奏，还有零星几句歌词。一会儿工夫，有一句话快到了嘴边，我的两片嘴唇像哑巴一样张开，仿佛除了一丝受惊的空气之外还有别的什么在上面挣扎着要出来。但是嘴唇发不出声音，因此我几乎想起的东西就永远无法得到表达了。

点评：

盖茨比念念不忘的与其说是对黛西的爱，不如说是对美丽爱情的向往。从始至终他都陷入了一个误区，他认为他爱的那个人是世界上完美的女子的化身，因而驱使着他不停地向着黛西靠近。所有的虚幻且不切实际的东西一定会有浮出水面的那一天，他的梦很简单，只想和爱的人长相厮守，而这个人不一定非得是黛西。

第七章　末特尔之死

盖茨比终于直面汤姆，争夺黛西的归属权。三个人互相装聋作哑的生活终归要有个了结，黛西也终究只能选择其中一人。诚然，她确实爱过汤姆，但同时也深爱着盖茨比，这个女人将何去何从？她的选择会是怎样的？

正在人们对盖茨比的好奇心达到顶点的时候，有一个星期六的晚上，他别墅里的灯都没有亮——于是，他作为特里马尔乔[①]的生涯，当初莫名其妙地开始，现在又莫名其妙地结束了，我渐渐看到了许多高高兴兴到来的车辆，停了一会儿又垂头丧气地开走了。这种反常的行为，使我怀疑他是不是生病了，我试着去他家看望一下——他家门口，一个面目凶悍，我确定我很陌生的仆人，站在那里斜眼看着我，表现出一脸的疑惑。

“盖茨比先生病了吗？”

“没有。”停了一会儿他才慢吞吞、勉勉强强地加了一声“先生”。

“我好久没看见他了，很不放心。告诉他卡罗威先生来过。”

“谁？”他粗鲁地问。

“卡罗威。”

“卡罗威。好啦，我告诉他。”

说完后，他野蛮地“砰”一声把大门关上了。

之后还是我家的芬兰女仆人对我说，盖茨比在一个星期前不知道什么原因把仆人都辞退了，另外重新找了五六个新的仆人。这些新来的人从不到西卵镇上去，也不接受别人店铺的贿赂，他们只是通过电话的方式采购生活必需品。听食品店送货的人说，盖茨比家的厨房和猪圈没两样，而镇上的人也在议论，认为新来的那几个人不是仆人。

---

①特里马尔乔，古罗马作家皮特罗尼斯作品《讽刺篇》中一个大宴宾客的暴户发。

第二天盖茨比打电话给我。

“准备出门吗？”我问。

“没有，老伙计。”

“我听说你把所有的仆人都辞了。”

“我需要的是不爱讲闲话的人。黛西经常来——总是在下午。”

原来是这样，因为黛西不喜欢，因此这座豪华的别墅就好像纸牌搭成似的，承受不住风雨，直至坍塌。

“这些人是沃尔夫山姆点明说要给我帮忙而送过来的人。他们是自家人，是兄弟姐妹，而且还办过旅馆。”

“我明白了。”

盖茨比是应黛西的请求打电话来的——我明天是否可以到她家吃午饭？贝克小姐会去的。半小时之后，黛西亲自打电话来，似乎因为知道我答应去而感到宽慰。我感觉一定出了什么事。然而我却不能相信他们竟然会选这样一个场合来大闹一场——尤其是盖茨比早先在花园里的那种令人难堪的场面。

第二天，天气十分炎热，哪怕现在夏天已经接近了尾声，可这一天的确是整个夏天最热的一天。我乘坐的火车钻出了地道，行驶在暴晒的阳光下。中午时分，空气中充满了让人烦闷的燥热，只有全国饼干公司的火车呼啸的汽笛声划破这沉闷的寂静。火车里的草椅坐垫也是热量惊人，我毫不怀疑摩擦几下它就有可能着火。我旁边坐着一位妇女，刚开始的时候她还很淡定，规规矩矩地坐着，任由汗水打湿衬衣，直到她手中的报纸也变得湿淋淋的时候，她长叹一声，也不顾形象了，直接往后一躺。而她的钱包不小心掉了下来。

“哎哟！”她吃惊地喊道。

我懒洋洋地弯下腰把它捡了起来，递还给了她，手伸得远远的，捏着钱包的一个角，表示我并无染指的意图——可是附近的每一个人，包括那女人，照样怀疑我。

“热！”查票员对面熟的乘客说，“够呛的天气！热……热……热……你觉得够热了吗？热吗？你觉得……”

我的火车票在查票员递给我的时候，上面清晰地留下了他手上的褐色汗渍。这样炎热的天气，谁还有心思关注谁亲吻了谁的红唇，谁还会去注意谁的脑袋靠在谁的胸前，打湿了谁的睡衣口袋。

我和盖茨比在汤姆家门口，等待来人开门让我们进去的时候，微风吹在门廊上发出回响，也传来了一阵电话的铃声。

“主人的尸体？”男管家大声向话筒里嚷道，“对不起，太太，可是我们不能提供——今天中午太热了，没法碰！”

实际上他讲的是：“是……是……我去瞧瞧。”

他放下了话筒，朝我们走过来，头上冒着汗珠，接过我们的硬壳草帽。

“我家夫人在客厅等你们。”他一边喊着，一边用手指着一个方向，实在是没必要，我知道客厅在哪儿。在这十分酷热、让人难以忍受的天气里，哪怕随便的一个多余手势，都是在浪费共有的生活财富。

这间屋子外面有篷子挡着，又阴暗又凉快。黛西和乔丹躺在一张巨大的长沙发上，好像两座银像压住她们的白色衣裙，不让电扇呼呼响的风吹动。

“我们不能动弹了。”她们异口同声地说。

乔丹的手指被阳光晒得有些黝黑，但她在上面涂抹了一层白色粉末，她的手让我握住了一会儿。

“体育家托马斯·布坎农[①]先生呢？”我问。

就在我问的同时我听见了他的声音，粗犷、低沉、沙哑，正在用门廓的电话与什么人通着话。

盖茨比站在绯红的地毯中央，用着了迷的目光向四周张望。黛西看着他，发出了她那甜蜜、动人的笑声，一阵粉末轻微地升到空中。

“我听说，”乔丹小声地说，“汤姆电话的那头是他的情人。”

我们默默地没有说话。汤姆接电话的声音从门廊传来，有些气愤地大声说：“既然这样，我这次就不出售给你了……我不欠你人情，你要知道……你不要在我午饭的时候打电话过来，我说什么也不会同意。”

“这是挂上话筒才讲的。”黛西冷嘲热讽地说。

---

①托马斯·布坎农即上文的汤姆·布坎农。汤姆系托马斯的昵称。

“不，他不是。”我向她解释道，“这是一笔确有其事的交易。我碰巧知道这件事。”

汤姆猛然间推开了门，他粗壮的身躯片刻间堵住了门口，然后急匆匆走进了屋子。

“噢，盖茨比先生来了。”他主动伸出他那宽大、壮实的手，巧妙地掩盖了对这位先生的厌恶，“见到您真高兴，先生！”

“给我们一人一杯冷的饮料。”黛西冷漠地高声说道。

汤姆离开屋子后，黛西走到盖茨比面前，钩着他的头，就这样亲吻了上去。

“你知道我爱你。”她喃喃地道。

“你忘了还有一位女客在座。”乔丹说。

黛西故意装傻回过头看看。

“你也跟尼克接吻吧。”

“多低级、多下流的女孩子！”

“我无所谓！”黛西满不在乎地说，她在砖砌成的壁炉前面兴致勃勃地翩翩起舞，过一会儿，她好像想起天气太热了，又悻悻地重新坐在沙发上。这时门外一个穿着干净整洁的保姆带着一个小女孩走了进来。

“心——肝，宝——贝，”她嗲声嗲气地说，同时伸出她的胳臂，“到疼你的亲娘这里来。”

保姆一撒手，小孩就从屋子那边跑过来，羞答答地一头埋进她母亲的衣裙里。

"心——肝，宝——贝啊！妈妈把粉弄到你黄黄的头发上了吗？站起身来，说声——您好。"

这个可爱的小女孩似乎不大乐意有客人来，不情不愿地伸出她那白白胖胖的小手，我和盖茨比先后弯腰和她友好地握了握手。盖茨比惊奇地看着小女孩，我想他从来没有真正把黛西孩子的事放在心上，现在终于真实地看见了。

"我在午饭前就打扮好了。"孩子说着急切地把脸转向黛西。

"那是因为你妈要显摆你。"她低下头来把脸伏在雪白的小脖子上唯一的皱纹里，"你啊，你这个宝贝。你这个独一无二的小宝贝。"

"是的呀，"小女孩很平静地说，"乔丹阿姨穿的也是白衣服。"

"你看妈妈的朋友，你喜欢吗？"黛西把她扭过来，朝着盖茨比，"你看他们好不好看？"

"爸爸去哪儿了？"

"她长得不像汤姆，"黛西对我们解释说，"她随我，你们看她的头发还有脸蛋都和我小时候一样。"

黛西朝后靠在沙发上。保姆走上前一步，伸出了手。

"来吧，帕咪。"

"再见，乖乖！"

十分懂规矩的小孩依依不舍地回头看了一眼，抓着保姆的手，就被拉到门外去，正好汤姆回来，手里拿着四杯杜松子利克酒，里面装满的冰块咔嚓作响。

盖茨比接过递来的酒。

“这酒肯定很凉。”盖茨比说，他显得有些紧张。

我们饥渴难耐地大口吞咽。

“我忘了是在哪里看见的，有人说太阳会一年更比一年热。”汤姆平平淡淡地说，“据说地球以后会被太阳吞噬——等一下——正好相反——太阳应该是一年更比一年冷。”

“到外面来吧，”他向盖茨比提议说，“我想请你看看我这个地方。”

我跟他们一起走到外面的游廊上去。在绿色的海湾上，海水在酷热中停滞不动，一条小帆船缓缓地向着新的海域驶去。盖茨比看着那艘船前行，他一抬手，指向那边的海湾。

“我家就在你家的对面。”

“可不是嘛。”

我们的眼睛掠过玫瑰花圃，掠过炎热的草坪，掠过海岸边那些大热天的乱草堆，那只小船的白翼在蔚蓝、清凉的天际背景上慢慢地移动着。再往前是水波荡漾的海洋和星罗棋布的宝岛。

“那种运动太让人向往了。”汤姆点点头说，“可以的话，我真愿意和他一起玩上一个小时。”

中午我们在餐厅吃饭，餐厅里面遮蔽得比较凉快，我们就在那里，各自带着并不舒心的笑容喝着冰镇啤酒。

“下午我们做点什么好呢？”黛西说，“以及明天，还有以后三十年的时间我们干什么呢？”

“不要这样病态，”乔丹说，“秋天一到，秋高气爽，生活就又重新开始了。”

“可是天热得要命，”黛西固执地说，差点要哭出来了，“一切又都混乱不堪。咱们都进城去吧！”

她的声音继续在热浪中挣扎，向它冲击着，把无知觉的热气塑成一些形状。

“我知道人们会把马房改造成停车的地方，”汤姆向盖茨比炫耀说，“不过据我所知，我可是第一个把停车的地方改成了马房的人。”

“有谁想和我进城的？”黛西坚持着说，盖茨比看向了黛西，“哇！”她大呼小叫道，“你看上去太帅了。”

他们的目光不期而遇，紧紧地盯着对方，已经忘我到忽略了其他人的存在。过了好一会儿，她才依依不舍地收回目光，回到餐桌上。

“你看上去总是那么帅。”她重复道。

她已经告诉盖茨比，她是爱着盖茨比的，汤姆·布坎农也看出来了。他大为震惊，他的嘴微微张开，看看盖茨比，又看看黛西，仿佛他刚刚知道她是盖茨比很久以前就认识的一个人。

“你好像一个广告里面的人，”她全然不顾旁人地继续说，“就是那个广告里的人……”

“好了，”汤姆不想听她继续说下去，打断了她的话，“我们进城吧，走吧，都去，我突然很想进城。”

汤姆率先站了起来，不过他的目光没有离开盖茨比和黛西，然而他们俩都还坐在原地，谁都没有动身的意思。

“走啊！”他有点恼火了，“到底怎么回事？咱们要进城，那就走吧。”

他把杯中剩下的啤酒举到了唇边，他的手由于他尽力控制自己而在发抖。黛西的声音促使我们站了起来，走到外面炽热的石子车道上。

“我们马上就走吗？”她不以为然地说，“就像这样？难道我们不让人家先抽支烟吗？”

“我们中午吃饭的时候大家都在抽烟。”

“噢，我们玩得开心一点就行了，”她乞求着说，“这么热的天气，不要闹了行不行？”

汤姆默不作声。

“你自己决定吧，”她说，“跟我来，乔丹。”

她们去楼上为进城做着准备，剩下我们三个大男人就在外边等她们，无所事事地踢着滚烫的小石子。现在月亮已经从西边升起来了。盖茨比似乎是想说什么，刚张嘴但似乎想到什么又闭上了。这时汤姆却转过身来正好看见，于是等着他说话。

“你的马房是在这里吗？”盖茨比勉强地问道。

“沿这条路下去大约四分之一英里。”

“哦。”

中间停顿了一会儿。

“我真不明白进城去干什么，”汤姆怒气冲冲地说，“女人总是心血来潮……”

“我们要不要带点喝的东西？”黛西在楼上的窗户向下喊着。

“我去带几瓶威士忌吧！”汤姆说着走进了屋里。

盖茨比僵硬地对我说：“我在黛西家里不能多说话，老伙计。”

“她说话不太谨慎，”我说，“好似充满了……”我有些迟疑。

“她的声音充满了金钱的味道。”他忽然说。

正是这样。我以前从来没有领悟过。它是充满了金钱——这正是她声音里抑扬起伏的无穷无尽的魅力的源泉，金钱叮当的声音，铙钹齐鸣的歌声……高高地在一座白色的宫殿里，国王的女儿，黄金女郎……

汤姆出来了，手里拿着用毛巾包裹着的一夸脱[1]的酒，在他的身后，乔丹和黛西也跟着出来了，两位女士头戴一顶小巧别致的硬布帽子，阳光照过去反射出晶莹的光芒，还有薄薄的纱布披肩轻轻地搭在手臂上。

“大家都坐我的车去好吗？”盖茨比提议。他摸了摸滚烫的绿皮坐垫。“我应当把它停在树荫里的。”

“这车用的是普通排挡吗？”汤姆问。

“是的。”

“好吧，你开我的小轿车，让我开你的车进城。”

他的建议使盖茨比不大高兴。

“我的车没剩多少汽油了。”盖茨比不同意。

“这不还有这么多嘛。”汤姆不依不饶地说，特意看了看油表，“没事，就算汽油用完了，我就找一个药房，给你把油加上就行了。现在的药房，你想买什么都行。”

---

①夸脱是个容量单位，主要在英国、美国及爱尔兰使用。

这句似乎没有什么意义的话说完之后，大家沉默了一会儿。黛西皱着眉头瞧瞧汤姆，同时盖茨比脸上掠过一种难以形容的表情，既十分陌生又似曾相识，仿佛我以前只是听人用言语描述过似的。

“我们走吧，黛西，”汤姆一边说，一边推着黛西向盖茨比的车子走去，“我们坐这辆马戏团的花车进城。”

汤姆打开车门，但黛西却从他的手上挣脱了出去。

“你带着乔丹和尼克一起，我和盖茨比开车跟在你们车后。”

她紧挨着盖茨比走，用手摸着他的上衣。乔丹、汤姆和我坐进盖茨比车子的前座，汤姆试着扳动不熟悉的排挡，接着我们就冲进了闷热当中，把他们甩在后面看不见的地方。

“你们看到那个没有？”汤姆问。

“看到什么？”

他用锐利的眼神看着我们，他这时已经感受到我们早就知道黛西和盖茨比的事了。

“你们都以为我是个傻瓜，对吧？”他说，“我可能是傻，但我的第二直觉，它能告诉我发生了什么事，我该怎么做。你们或许会怀疑，但我要说这是科学……”

他说着顿了顿，我马上追上他的话制止了他，把他要沉浸在理论深渊的心及时追了回来。

“我已经对这个家伙做了一番小小的调查，”他继续说，“我大可以调查得更深入一些，要是我知道……”

“你是说你找过一个巫婆吗？”乔丹幽默地问。

“你说什么？”他一头雾水，接着大笑起来，“巫婆？”

“向巫婆问盖茨比的情况。”

“问盖茨比的情况！不，我没有。我刚才说我已经对他的来历做过一番小小的调查。”

“结果你发现他是牛津大学毕业生。”乔丹帮忙地说。

“牛津大学？”他一脸怀疑，“他要真是牛津毕业的就怪了！他还会穿一套粉红色衣服？”

“不过依然改变不了他牛津大学毕业生的事。”

“他恐怕是在新墨西哥州的牛津镇，”汤姆嗤之以鼻地说，“或者其他有牛津二字的地方。”

“那么，你既然这么看不起他，请他吃饭又是什么意思？”乔丹有些看不惯他的自大。

“黛西请他的。她是在我们结婚以前认识他的——天晓得在什么地方！”

啤酒的酒性已过，现在大家都感到烦躁，又因为意识到这一点，就一声不响地开了一会儿车子。然后当 T. J. 埃克尔堡大夫暗淡的眼睛在大路的前方出现时，我想起了盖茨比提出的关于汽油不够的警告。

“我们有足够的汽油开到城里。”汤姆说。

“可是这一路上就只有这一家车行。”乔丹不赞成地说，“我可不乐意在大热天抛锚。”

汤姆无奈，只有去加油，他把车子停在威尔逊的车行面前，狠狠地踩下了两个刹车，激起一阵尘土。过了片刻，威尔逊从里面走出来，还是那副双眼无神的样子看着我们，一双毫无生气的眼睛，如同行尸走肉，让人不寒而栗。

“给我们加点汽油！”汤姆粗声大气地叫道，“你以为我们停下来干什么——欣赏风景吗？”

“我病了，”威尔逊站着不动说道，“病了一整天啦。”

“怎么啦？”

“我身体都垮了。”

“那你想让我亲自动手？”汤姆问，“你刚才在电话里面不还好好的吗？”

威尔逊费力地从门口凉爽、没有阳光照到的地方走过来，一边喘着大气，一边拧下汽油箱的盖子。他的脸色在阳光下青得吓人。

“我也不想在你午饭的时候麻烦你。”他说，“可是我真的很需要用钱，所以我就想问你想怎么处理你那辆旧巴巴的车。”

“你喜欢这辆吗？”汤姆问，“我上星期才买的。”

“好漂亮的黄车。”威尔逊说，同时费劲地打着油。

“想买吗？”

“没门儿，”威尔逊淡淡地一笑，“不想这个，可是我可以在那部车上赚点钱。”

“你要那么多钱做什么，你有什么紧急的事？”

“我们在这个地方也待了这么久了，准备离开了。我打算和我老婆去西部。”

“你老婆？她想去吗？”汤姆大惊。

“她很久之前就说了要去，大概有十年了吧！”威尔逊好像没了力气，就这样靠着加油机稍稍休息，伸出手挡着刺目的阳光，“这次是一定要走的，不论她现在还想不想去，我都会带着她离开这里。”

小轿车从我们身边疾驰而过，扬起了一阵尘土，车上有人挥了挥手。

“我该付你多少钱？”汤姆粗鲁地问道。

“就在这两天我才发现了一点蹊跷的事情，”威尔逊说，“这就是我要离开这里的原因。这就是我为那辆车子打扰你的原因。”

“该付给你多少钱？”

“一美元二十美分。”

天气的炎热使我感到头脑发晕，两眼都有些模糊，所以我那时感到身体很不适。等到我好转了一些我才明白，原来威尔逊一直都没有怀疑到汤姆身上。威尔逊已经发现末特尔有另一个生活——和别的男人。正是这个原因使他病倒了。我盯着他看看，又盯着汤姆看看，他在不到半小时以前也有了同样的发现——因此我想到人们在智力或种族方面的任何差异都远不如病人和健康的人二者之间的差异那么深刻。威尔逊病得很重，没精打采的样子让他看上去更像是犯下了十恶不赦的罪——好像他不久前把一个无辜的女孩的肚子弄大了一样。

“那辆车子我决定卖给你了。”汤姆说，“我明天就给你送过来，明天下午。”

灰谷那一带向来让人心烦意乱，让人不安心。就算是在阳光明媚的时候也是这样的感觉，所以在我回头看向那里时，好像有一个声音在告诉我小心背后的东西。在灰堆上方，T. J. 埃克尔堡大夫的大眼睛依然盯着哪里，但是过了一会儿我觉察到另外一双眼睛正在从不到二十英尺以外聚精会神地注视着我们。

车行楼上的一扇窗户，有人正慢慢打开了一点。末特尔·威尔逊在楼上悄悄地看着我们，或者说看着这辆车。她看得那样入神，也就没有发现有人也在悄悄观察着她，一种接一种的感情在她脸上流露出来，好像物体出现在一张慢慢显影的照片上。她的表情熟悉得有点蹊跷——这是我时常在女人脸上看到的表情，可是在末特尔·威尔逊的脸上，这种表情似乎毫无意义而且难以理解，一直在我发现她的两只眼睛里充满嫉妒地怒目圆睁时，我才明白她盯着的不是汤姆，而是旁边的乔丹·贝克，她误认为乔丹是汤姆的妻子。

头脑简单、智商不高的人在慌乱之中会出很多乱子，在车子加满油开出车行的时候，汤姆心急如焚却又无可奈何。就在一个小时前，他的生活安逸而舒适，妻子和情妇相安无事，可是现在他防不胜防，所有人都要离他而去。这种感觉使人抓狂，本能促使他猛踩油门，以达到赶上黛西和把威尔逊抛在脑后的双重目的，于是我们以每小时五十英里的速度向阿斯托里亚飞驰而去。直到来到高架铁路蜘蛛网似的钢架中间，我们才看见那辆逍遥自在的蓝色小轿车。

乔丹提议说："五十号街那边的大电影院十分凉爽。我最喜欢午后的纽约了，特别是在夏天的时候。大街上没多少人，更有一种肉感。是熟透了的那种感觉，各式各样奇异的果实都好像会落在你的手中。"

"肉感"这两个字使汤姆感到更加惶惶不安[1]，但他还没来

[1]内心害怕，十分不安。

得及找话来表示反对，小轿车已经停了下来，黛西打着手势叫我们开上去并排停下。

“我们上哪儿去？”她喊道。

“去看电影怎么样？”

“这个天气太热了，”她嘴里抱怨说，“你们几个去就好了。我和盖茨比去外面兜风，稍后我再来找你们。”她又说了两句幽默的话，她说得勉强，我们听得尴尬，“我们就定好在那边的路口重聚，你们要是看见一个抽两支香烟的男人，那就是我。”

“我们不能待在这里争论，”汤姆不耐烦地说，这时我们后面有一辆卡车的司机在拼命按喇叭，“你们跟我开到中央公园南边的广场饭店前面。”

有好几次他掉过头去向后看，找他们的车子，如果路上的交通把他们耽误了，他就放慢车速，一直等到黛西他们出现在视线中才放心。我想汤姆是在担心在某个不经意的时候，他们拐进一条小巷，然后从此不再出现在他的生活里。

然而汤姆的担心是多余的，他们没有这样做。后面我们做了一件更难以理解的事情——在广场饭店，租了一间有客厅的套房。这么热的天，我们跑这么远到纽约，就是租了一间套房，这可真是让人难以捉摸。

那场长时间的、吵吵嚷嚷的争论，以把我们都赶进那间屋子而告终，我现在也弄不清是怎么回事了，虽然我清清楚楚记得，在这个过程中，我感到浑身冒冷汗，而我的内衣像一条湿漉漉的蛇一样顺着我的腿往上爬。这个主意起源于黛西的建议，她要我们租五间浴室各自去洗个凉水澡，然后清清爽爽地找一个能喝一杯凉薄荷酒的地方，这样更舒适。我们都认为这是一个不好的主意——大家一同对着旅馆服务员说着各自的要求，让别人感觉很为难，我们的样子表现得很滑稽……

那间房子很大但是很闷，虽然已经是四点了，但打开窗户只不过能感受到从公园里的灌木丛刮来一股热风。黛西走到镜子前面，背朝我们站着，理她的头发。

“这个套间真高级。”乔丹肃然起敬地低声说，引得大家都笑了起来。

“汤姆，再把窗户多打开一扇吧！”黛西背对着他说道。

“窗户都打开了，哪儿还有窗户可以打开。”

“那么我们最好现在打电话让人送一把斧头过来。”

“现在最明智的做法是静下心，忘记热这件事，”汤姆没有耐心地说，“你不要再叽叽喳喳、碎碎念念了，你越烦躁、越说话更会难受十倍。”

他打开毛巾拿出那瓶威士忌来放在桌上。

“何必找她的碴儿呢，老伙计？”盖茨比说，“是你自己要进城来的。”

沉默了一会儿。电话簿从墙壁的钉子上落下，啪的一声掉到地上，于是乔丹低声说：“对不起。”但是这一次没人笑了。

“我去捡起来。”我抢着说。

“我在捡，捡到了。”盖茨比认认真真地捡起来，看见绳子断了，饶有兴致地“哼”了一声，也没想去看电话簿里的内容，只是随手把它扔在了椅子上。

“那是你的口头禅？你感觉很得意吗？”

“你说什么？”

“有事没事就叫人‘老伙计’，这话谁教你的，你在哪里学的？”

“你听着，汤姆，”黛西说着从镜子前面掉转身来，“如果你打算进行人身攻击，我就一分钟都不待。打个电话要点冰来做薄荷酒。”

汤姆没有再说下去了，乖乖去打电话，他拿起话筒，从那被热气涨红的嘴里传出声音。这个时候，楼下舞厅里传来了让人心惊胆战的和弦，是门德尔松的《婚礼进行曲》。

“这么热竟然还有人结婚！”乔丹很难受地喊道。

“尽管如此——我就是在六月中旬结婚的，”黛西回忆道，“六月的路易斯维尔！有一个人昏倒了。昏倒的是谁，汤姆？”

“比洛克西。”他回答得简单直接。

“有趣的是，他不仅姓比洛克西，别人给他一个外号叫木头人比洛克西，然后他还是一个做盒子生意的人，并且他还是来自田纳西州比洛克西市①。”

“他们把他抬进我家，”乔丹补充说，“因为我们住的地方和教堂隔着两户人家的距离，是最近的。他一住就住了三个星期，

---

①前面的木头人、盒子在原文里都和比洛克西谐音。

直到我爸爸叫他离开。他走后第二天爸爸就死了。”过了一会儿她又加了一句话说，“这两件事并没有什么联系。”

“我从前也认识一个叫比尔·比洛克西的孟菲斯[1]人。”我说道。

“那是和他一个姓的家族兄弟。我在他住在我家的这段时间，把他的情况了解得清清楚楚，他有什么家人，他是干什么的之类的。他还送给了我一根轻击棒——知道我会打高尔夫球，送给我的，到现在我都还在用哩。”

婚礼开始后，音乐就停下了，此刻从窗口又飘进来一阵很长的欢呼声，接着又是一阵阵“好啊，好——啊”的叫喊，最后响起爵士乐的声音，跳舞开始了。

“我们都衰老了，”黛西说，“如果我们还年轻的话，我们就会站起来跳舞的。”

“还是老实待着吧，别忘了比洛克西是怎么晕倒的。”乔丹这时表现出出奇的理智，“你怎么认识他的，在什么地方，汤姆？”

“认识比洛克西？”汤姆皱着眉头想了又想说，“我跟他不熟，也并不认识他，可他不是黛西的朋友吗，我这才接触过。”

“他才不是呢，”她否认道，“我在那以前从来没见过他。他是坐你的专车来的。”

“对啦，他说他认识你。他说他是在路易斯维尔长大的。阿莎·伯德在最后一刻把他带了过来，问我们是否有地方让他坐。”

---

①孟菲斯，田纳西州的一个城市。

乔丹抿嘴浅笑道："我知道了，他应该是想坐免费的车回家。比洛克西还对我说过他是你们的班长，在耶鲁上学的时候。"

我和汤姆这下可真是一头雾水了。

"比洛克西是我们在耶鲁的班长？"

"首先，我们压根儿没有班长……"

盖茨比的脚不耐烦地连敲了几声，引得汤姆突然瞧了他一眼。

"说起来，盖茨比先生，我听说你是牛津高才生 ?"

"不完全是那样。"

"噢，这样啊，我怎么听人说过你在牛津念过书。"

"没错，我确实在牛津念过书。"

空气安静了片刻，汤姆毫不掩饰自己的怀疑和鄙视，说：

"你一定是在比洛克西上纽黑文的时候去牛津的吧。"

又是一阵安静。一个茶房的伙计敲门，端着敲碎了的薄荷叶和冰走进来，但是他的一声"谢谢您"和轻轻的关门声也没有打破沉默。这个让人好奇的重大的事情终于要澄清了。

"我不是说过了，我在那里念过书。"盖茨比淡淡地说道。

"对，你是这样说的，我听得很清楚。我想知道你是哪一年上的牛津，你不介意的话，也可以说得详细些——几月几号。"

"那是一九一九年的时候，我在牛津只学习了五个月，因此我一直没有对外炫耀我是牛津高才生。"

汤姆瞥了大家一眼，看看我们脸上是否也反映出他的怀疑，但是我们都在看着盖茨比。

“那是停战[①]以后他们为一些军官提供的机会，”他继续说下去，“我们可以上任何英国或者法国的大学。”我真想站起来拍拍他的肩膀。因为我又一次感到自己对他的完全信任，这是我以前体验过的。

黛西从椅子上站起来，面带微笑，径直走到那张桌子的前面。

“汤姆，你把威士忌打开，”她使唤道，“我要亲自给你做一杯凉薄荷酒，这样你才会明白自己像是个笨蛋……看一下这些薄荷叶子！”

“先等一下，”汤姆十分严肃地说，“盖茨比先生，我还想问你一个问题。”

“请便！”他很绅士，大度地说道。

“你到底想在我家里制造什么样的矛盾？”

他们终于把话挑明了，盖茨比倒也满意。

“他没有做什么，”黛西很慌乱，眼睛不停地在两个男人身上转来转去，“是你在制造矛盾，汤姆。你能不能自我克制一下。”

“自我克制！”汤姆不可思议地重复了一遍，“我想现在最酷的事情就是，我视而不见，任凭不知道从哪儿冒出来的阿猫阿狗跟我老婆调情。哼，如果那样才算酷，你可以把我除外……这年头人们开始对家庭生活和家庭制度嗤之以鼻，再下一步，他们就该抛弃一切，搞黑人和白人通婚了。”

---

①前文盖茨比参加的那场战争。

他胡乱地说着没有品位的话，脸涨得通红，仿佛这个世界就剩下他自己在守护文明，维护着什么正义的事。

“我们几个人不都是白人吗？”乔丹嘀咕道。

“我知道我不招人喜欢。我从来没有举办热闹的大型晚会。难道在现在这个世界，只有把自家弄得像是个猪圈了，才能交到朋友？”

尽管我和大家一样感到很气愤，但每次他一张口我就忍不住想笑。一个酒徒色鬼竟然摇身一变就成了讲大道理的先生。

“我也有话要对你说，老伙计……”盖茨比开始说。但是黛西猜到了他的意图。

“请你把话收回去，先不要说。”黛西摇摇头，赶忙阻止他，“现在我们该回家了，大家都回家吧，走吧，好吗？”

“对，我赞成回家这个主意。”我第一个站起来发声，“回家吧，汤姆，这里没有谁有喝酒的想法。”

“等等，我现在非常好奇，不知道盖茨比先生有什么话想对我说。”

“你妻子不爱你，”盖茨比说，“她从来没有爱过你。她爱我。”

“你一定是疯了！”汤姆脱口而出。

盖茨比猛地跳了起来，激动异常。

“她从来没有爱过你，你听见了吗？”他喊道，“她跟你结了婚，只不过是因为我穷，她等我等得不耐烦了——那是一个错误，但是她心里除了我从来没有爱过任何人！”

这个时候，我和乔丹非常想离开这里，但是我们被汤姆和盖茨比拉住了，他们说什么也不让我们走，一定要我们留下。好像他们都清清白白，没什么事可以对别人隐瞒的，好像我们能在这里听到他们情感的宣泄，并能以此感同身受，是我和乔丹的荣幸。

“坐下，黛西，”汤姆竭力装出父辈的口吻，可是并不成功，“这是怎么回事？我要听听整个经过。”

“我已经说过了，”盖茨比接着说，“有五年了吧——只是你不曾知道。”

汤姆猛地转过身看着黛西。

“你和这家伙已经五年了？经常见面？”

“没有见面。”盖茨比说，“不，我们见不了面。可是我们俩在那整个期间彼此相爱着，老伙计，而你却不知道。我以前有时发笑，”但是他眼中并无笑意，“想到你并不知道时。”

“噢，不过是这样啊。”汤姆做出了一个把手指头并拢的动作，他大概以为自己像个牧师，接着靠在椅子上。

“你是不是疯了。”他大声骂道，“你们五年前的事我不做评价，那时我还没认识黛西。我真没想明白你到底怎么接触到黛西的，你可能是在送食物、杂货的时候从她家后面偷溜进去的。至于你剩下的话，都是在胡编乱造，黛西是爱我的，结婚时爱我，现在也依然爱我。”

“不对。”盖茨比摇摇头说。

“可是她确实爱我。问题是她有时胡思乱想，想一些她自己也莫名其妙的事。”他明智地点点头，“不但如此，我也爱黛西；偶尔我也荒唐一阵，干点蠢事，不过我总是要回头的，而且我的心始终是爱她的。”

“你别说了，你真恶心。”黛西说着转过身来，她的声音放低了一些，她的话充满着不屑和蔑视，弥漫在整个屋里，让人尴尬，“你知道我们离开芝加哥的原因是什么吗？我没想到你竟然没听人提起过那次微小的胡闹。”

盖茨比走过来站在她身边。

“黛西，一切都过去了，”他认真地说，“现在没什么关系了。就跟他说真话——你从来没爱过他——一切就永远结束了。”

她茫然地看着他“是啊——我怎么会爱他——怎么可能呢？”

“你没爱过他，从来没有。”盖茨比在一旁说。

她犹犹豫豫地看向我和乔丹，眼神哀怨不已。她现在终于意识到自己在做什么事了，这件事是她不愿面对的，因为她也难以抉择。黛西没有任何准备，或者说她并不想这样主动去面对，但是现在已经到了这个地步，她已经不能再逃避了。

“我从来没爱过他。”她说，但看得出来很勉强。

“在凯皮奥兰尼时也没爱过吗？”汤姆突然质问道。

“没爱过。”

楼下舞厅的音乐随着升腾的热浪传递了上来，更添沉闷。

“难道我把你从‘甜酒钵’[1]上抱下来，不让你鞋子沾湿，你也不爱我吗？”他沙哑的声音流露着柔情，“黛西？”

“请不要再说了。”她冷冷地说，声音里没有了一点哀怨。她直视着盖茨比，“你看，杰伊[2]。”她举起手，正要点燃烟，可她的手却在不受控制地颤抖。突然，黛西猛地将香烟和燃烧的火柴扔在地上。

“啊，你的要求太过分了！”她对盖茨比喊道，“我现在爱你——难道这还不够吗？过去的事我没法挽回。”她无可奈何地抽抽噎噎着哭了起来。“我一度爱过他——但是我也爱过你。”

盖茨比的眼睛张开来又闭上。

“你也爱过我？”他重复道。

“她在胡说。”汤姆毫不客气地打击说，“黛西从来都不知道你是生是死。你要明白，我和黛西一起经历了许多事情，这些你永远不可能知道。而我们会永远记得，不会忘记。”

汤姆的话像一把刀，深深地刺在了盖茨比的心上，他很痛苦。

“我想和黛西单独聊聊，”盖茨比坚定地说，“她只是太激动了，她只是需要平静一下。”

“单独谈我也不能说我从来没爱过汤姆，”她用伤心的声调吐露道，“那样说出来的不会是真话。”

---

①甜酒钵，游艇的名字。

②盖茨比全名是杰伊·盖茨比。

“当然不会是真话。”汤姆附和道。

她转身对着她的丈夫。“就好像你还在乎似的。”她说。

“当然在乎。从今以后我要更好地照顾你。”

“你还没弄清楚吗？”盖茨比说，但他也有些心乱了，“汤姆，你以后不会再和她有任何关系，你更不会有机会照顾她了。”

“我会没有机会照顾她？”汤姆哈哈大笑，睁大了双眼，一副不相信的神情，他现在已经平静了不少，可以自我控制了，“我不明白你在说些什么？”

“黛西要离开你了。”

“胡说八道。”

“不过我确实要离开你。”她说出这句话费了很大力气。

“不可能，她不会的，”汤姆对着盖茨比大声吼道，“她不会离开我的，更不会为了和你这样的骗子在一起而离开我。你就是一个骗子，你这样的人连戴在手上的戒指也需要用偷。”

“我不许你这样说他，”黛西维护盖茨比说，“算了，走吧杰伊，我们现在就走。”

“你到底是什么人？”汤姆嚷了起来，“你是迈尔·沃尔夫山姆那帮狐群狗党里的货色，这一点我碰巧知道，我对你的事儿做了一番小小的调查——明天我还要进一步调查。”

“那你尽可以自便，老伙计。”盖茨比镇定地说。

“我已经知道你开的药房有什么猫腻，”汤姆对我们大声说出了他的调查结果，“他和那个叫迈尔·沃尔夫山姆的人不仅在本地买下了许多小街道附近的药房，而且在芝加哥也用同样的手段经营药房。他们在药房里面的营生之一就是贩卖私酒，而这只不过是他们生意中的猫腻之一。我第一次看见他就猜到他是一个私酒贩子，现在看来还真是猜对了。”

“我贩卖私酒那又如何？”盖茨比波澜不惊地说，“你有一个朋友叫瓦尔特·蔡斯吧！他怎么就不觉得丢人，还不是一样和我合作。”

“你们把他害得不轻，是不是？就是因为你们，让他在新泽西州坐了一个月的监牢。天啊！你应当听听瓦尔特议论你的那些话。”

“他找上我们的时候是个穷光蛋。他很高兴赚几个钱，老伙计。”

“你别叫我‘老伙计’！”汤姆喊道。盖茨比没搭腔，“瓦尔特本来还可以告你违犯赌博法的，但是沃尔夫山姆吓得他闭上了嘴。”

盖茨比的脸上又出现了那种表情，陌生却可以辨认的表情。

“其实你们药房里的事只是一个开端，不值一提。”汤姆逐渐揭开，又抛出一个重磅炸弹，“你们现在正在做的事才是正题，我想知道你们到底是在做什么见不得人的事，但是瓦特尔没那个胆子告诉我。”

我看了黛西一眼，她吓得目瞪口呆地看看盖茨比，又看看她丈夫，再看看乔丹——她已经开始在下巴上拿一件看不见可是十分吸引人的东西保持平衡，然后我又回过头去看盖茨比——看到他的表情，我大吃一惊。他看上去活像刚“杀了个人”似的——我说这话可与他花园里的那些流言蜚语毫不相干。可是一刹那间，他脸上的表情恰恰可以用那种荒唐的方式来形容。

这种表情没有持续多久，一瞬间就过去了，然后盖茨比情绪激动地向黛西解释他的事。他把汤姆刚刚说的都否定了，仿佛这一切都是汤姆凭空臆想出来的。他向黛西不断地辩解，而从他嘴里说出来的那些罪名，都是我们从来没有听说过的，他说得越多越是让人更加确信这一切，而她也就已经离他越来越远了。盖茨比反应了过来，也没有再去解释了，沉默了下来，只剩他已经逝去的梦还在午后的阳光中不断挣扎着，拼命地想触摸那够不到的东西，拼命地挣扎着，即使痛苦万分，也不曾放弃。

那个声音又央求着要离开：“求求你，汤姆！我再也受不了啦。”

她惊惶的眼睛显示出来，不管她曾经有过什么意图，有过什么勇气，现在肯定都烟消云散了。

“你们动身回家，黛西，”汤姆说，“坐盖茨比先生的车子。”

她看着汤姆，大为惊恐，但他故作宽大以示羞辱，定要她去。

“放心走吧，他不会再纠缠着找你麻烦的。我想他现在也已经明白了吧，他的没有意义的调情结束了！”

他们沉默不语地先走了，转眼就消失在我们的视线中。好像有些事也变得不像之前那样重要了，两人落寞孤独的样子，就像一对鬼影在飘荡，连我们的同情都没必要用上了。

过了一会儿汤姆站了起来，开始用毛巾把那瓶没打开的威士忌包起来。

“来点儿这玩意儿吗，乔丹？尼克？”

我没搭腔。

“尼克？”他又问了一声。

“什么？”

“来点儿吗？”

“不要……”我刚记起来今天是我的生日。是啊，我今天刚好三十了。我以后又要继续面对未来十年的路，这条未知的路也许会荆棘丛生，凶险异常。

在晚上七点过后，我们才坐上回长岛的小轿车，依然是汤姆驾驶。他一路上嘴巴都没停过，一副胜利者的得意姿态，不停地哈哈大笑。但他的声音我们已经能做到无视了，对于我和乔丹来说，他的声音和街道上嘈杂的人声、轨道上的轰隆车声无异，左耳进右耳出，直至消失。每个人的同情心都有一个限度，因此我们与其让这些可悲的言论所打扰，不如就让它随着身后的万家灯火而逐渐消失。三十岁——展望十年的孤寂，可交往的单身汉逐渐稀少，热烈的感情逐渐稀薄，头发逐渐稀疏。但我身边有乔丹，和黛西不大一样，她少年老成，不会把早已忘怀的梦一年又一年还藏在心里。我们驶过黝黑的铁桥时，她苍白的脸懒懒地靠在我的肩上，她把我并不粗大的手紧紧地握住，驱散了三十岁生日带给我的巨大压迫感和恐慌感。

空中稍微有了些凉意，我们就这样在无边的暮色中驶向死亡。

一个在灰堆附近，经营着一家小咖啡馆的年轻人是验尸的主要见证者，他叫米切里斯。那天天气十分炎热，他在家里睡觉，五点起来后他来到车行，看见乔治·威尔逊病恹恹的样子，脸色惨白地在办公室里坐着，身体还在发抖。于是米切里斯就说让他上床休息，但威尔逊不肯，说那样就会错过不少生意。这位邻居正在劝服他的时候，楼上忽然大吵大闹起来。

“我把我老婆锁在上面，”威尔逊平静地解释说，“她要在那儿一直待到后天，然后我们就搬走。”

米切里斯惊讶不已，在他的印象中威尔逊不像是个会这样做事、说话的人。他们做了四年的邻居，威尔逊经常都是疲惫不堪的样子，一有空闲的时候他就会搬上一个小板凳，坐在自家车行门口，两眼空洞地望着来来往往的行人和车辆。而且威尔逊不论对谁说话都是小心翼翼、和和气气的样子，就连笑容看起来都缺少精气神。他的老婆倒是常常使唤他，他也习惯了被她使唤，自己没有一点主见。

因此，米切里斯很自然地想了解发生了什么事，但威尔逊一个字也不肯说——相反地，他却用古怪的、怀疑的目光端详起这位客人来，并且盘问他某些日子某些时间在干什么。正在米切里斯逐渐感到不自在的时候，有几个工人从门口经过，朝他的餐馆走去，他就乘机脱身，打算过一会儿再回来。但是他并没有再来，他想他大概忘了，并没别的原因。他再到外面来时，才想起了这番谈话，因为他听见威尔逊太太在破口大骂，就在楼下的车行里。

“你竟然动手打我。”米切里斯听见她在吵嚷着，“推我呀，打我呀，你这个肮脏的、让人恶心的窝囊废。”

没过多久，她就冲出车行，一边跑一边挥手，叫喊着向暮色奔去——她才出来，连自己的门口都还没来得及出，就发生了这样的事情。

那辆“凶车”——这是报纸上的提法——停都没停车，从苍茫的暮色中出现，出事后悲惨地犹疑了片刻，然后在前面一转弯就不见了。马弗罗·米切里斯连车子的颜色都说不准——他告诉第一个警察说是浅绿色。另一辆车，开往纽约的那一辆，开到一百码以外停了下来，驾驶车辆的人急急忙忙地赶回发生事故的地方，茉特尔·威尔逊已经当场死亡，半跪在道路中，流出的血液已经发黑，混合在尘土里。

最先赶到现场的除了这个人就是米切里斯了。他们想采取急救措施，撕开了威尔逊太太那被汗水湿透的衣服，只见她左边的乳房已经松弛得耷拉着了，因此也没有必要再俯下身去听有没有心跳了。她的嘴张得很大，嘴角有些撕裂，好像她在生命的最后一刻释放了她的全部精力，噎在了嘴里。

我们离那儿还有一段距离就看见三四辆汽车和一大群人。

“撞车！”汤姆道，“那很好，威尔逊终于有生意了。”

他把车子放慢下来，但并未打算停，直至我们开得近一点，车行门口那群人屏息敛容的面孔才使他不由自主地把车刹住。

“我们过去看一下，”他犹犹豫豫地说，“看一看就离开。”

车行里传来一阵空洞的悲哭，显得那样没有力气却给我们熟悉的感觉。我们走下小轿车，进入车行，离得近了才勉强听见了那反反复复、不停喘着气的“我的上帝啊”几个断断续续的字。

“这里有什么大事发生吗？”汤姆情绪激动地说。

他踮起脚从一群人头上向车行里望去，车行天花板上点着一盏挂在铁丝罩里的发黄光的电灯。他喉咙里哼了一声，接着他用两只有力气的手臂猛然向前一推就挤进了人群。

那一圈人又合拢来，同时传出一阵咕咕哝哝的劝告声。有一两分钟我什么也看不见。后来新到的人又打乱了人群，忽然间，乔丹和我被挤到里面去了。

里面，末特尔·威尔逊的尸体平放在靠墙的一张工作台上，外面和里面都裹了一条毛毯，好像怕她在这样炎热的晚上着凉。汤姆站在那里，背对着我们像个木头人一样愣愣地低头看着，似乎不敢相信自己的眼睛。在他旁边站着一名摩托车警察，他正在把人名往小本子上抄，一面流汗一面写了又涂改。起初我找不到那些在空空的车行里回荡的高昂的声音的来源——然后我才看见威尔逊站在他办公室高高的门槛上，身体前后摆动着，双手抓着门框。有一个人在不停地对他小声说着什么，他的手抬起又放下，想搭在威尔逊肩上给他点温暖，但又担心把他虚弱的身体压垮了。他的眼神在墙边那张停着尸体的工作台上游离着，从天花板上摇摆的灯看向冷冰冰的桌子，又再看回灯上发呆，嘴里传出那持续不断的哀号：

“哎哟，我的上……帝啊！哎哟，我的上……帝啊！哎哟，上……帝啊！哎哟，我的上……帝啊！”

汤姆缓过神来，甩了一下头，手足无措地抬头看了一圈车行，然后含含糊糊地回应着旁边警察的问话。

“M——y——v”警察在说，“——o——”

“不对，r——”那人更正说，“M——a——v——r——o——”

“你听清楚，我在说。”汤姆凶巴巴地低声说。

“r——”警察说，“o——”

“g——”

“g——”汤姆不耐烦了，大手拍了一下他的肩膀，他抬头看向汤姆，“你想做什么，老兄？”

“这里是怎么回事？我要知道的就是这个。”汤姆说。

“汽车撞了她，当场撞死。”

“当场撞死。”汤姆重复道，两眼发直。

“她当时跑到车道中间，可是那个浑蛋连车都没停下。”

“当时我看见两辆车子在她身旁经过，”米切里斯说，“就是，一辆向着来的方向，一辆向着去的方向，我这样说你明白吗？”

“去哪里？”警察谨慎地问。

“一辆车去一个方向。喏，她，”他的手朝着毯子举起来，但半路上就打住，又放回到身边，“她跑到外面的路上，纽约来的那辆车迎面撞上了她，车子时速有三四十英里。”

“这地方叫什么名字？”警察问道。

“没有名字。”

一个穿着体面，但是脸色灰白的黑人走了过来。

“车子是一辆黄色的轿车，”他说，“是一辆崭新的大型的黄色轿车。”

“你亲眼看见事故是怎么发生的？”警察问。

“我没有看见，但是那辆车从我身旁驶过，我看得很清楚，是一辆黄色的，车速还不止四十英里，估计五六十英里都有。”

“过来，让我把你名字记下来。让开点，我要记下他的名字。”

这段对话一定有几个字传到了在办公室门口晃荡的威尔逊的耳朵里，因为忽然间一个新的题目出现在他的哀号中：

“你不用告诉我那是一辆什么样的车！我知道那是辆什么样的车！”

我盯着汤姆，因为我也想到了一辆黄色的车。汤姆藏在上衣下面的肌肉因为紧张而收缩了起来。他快步走到威尔逊面前，紧紧抓着他的手臂。

“你需要先镇定一下。”汤姆那粗鲁的声音给人带来一种安慰。

威尔逊抬眼看着面前这个人，先是吓了一跳，脚尖一踮，要不是有汤姆在那里扶着，他恐怕会跪倒在地上。

“你听我说，”汤姆说，同时轻轻地摇摇他，“我刚到这里，从纽约来的。是我把我们谈过的那辆小轿车给你送来的。今天下午我开的那辆车子不是我的——你听见了吗？后来我整个下午都没看到它。”

只有那个黑人和我靠得近，可以听到他讲的话，但那个警察也听出他声调里有问题，于是用严厉的目光向这边看。

“你在和他说什么？”警察敏锐地质问。

“我和他认识，我们是朋友。”汤姆回应着警察，手还是紧紧抓着威尔逊没有放。“我刚刚听他说好像知道那辆车子是谁的……那辆黄色的车。”

警察心里隐隐有些感觉，追问：“请问，先生你开的是什么颜色的车？”

“是一辆蓝色的车子，一辆小轿车。”

“我们是刚从纽约来的。”我说。

有一个一直在我们后面不远开车的人证实了这一点，于是警察就掉过头去了。

“好吧，请你让我再把那名字正确地……”

汤姆提着威尔逊，把他像布偶那样提到了办公室，让他在椅子上坐下后他就出来了。

“有谁过来陪他待一会儿。”他用命令的语气对周围的人说道。

看了一圈，眼神落在站得最近的两个人身上，那两个人无奈地对视了一眼，不情不愿地走了进去。汤姆在他们进去后马上关上门，离开了那里，低着头，不敢看那张墙边的桌子，来到我们身边小声说：“我们走！”

他不自在地用那双权威性的胳臂开路，把我们从仍然聚集的人群中推出去，遇到一位匆匆而来的医生——手里拎着皮包，还是半个钟头以前抱着一线希望去请的。

汤姆把车开得很慢，直到拐过那个弯之后他的脚才使劲踩下去，于是小轿车就在黑夜里飞驰而去。过了一会儿我听见低低的一声呜咽，接着看到他泪流满面。

“狗东西，王八蛋，狗娘养的！”他哽咽着说，“他没停车，他都不停一下车。”

汤姆·布坎农的房子在树影婆娑中渐渐出现。汤姆在大门处停下车，抬头看向二楼，那里灯光明亮，显然黛西已经到家了。

“黛西回家了。”他说，我们下车后，他看着我微微皱眉。

“我刚刚应该在西卵停一下车的，尼克。今天晚上我们没有活动了。”他赶人的意思我听出来了。

汤姆身上起了变化，他说话很严肃，而且很果断。当我们穿过满地月光的石子道走向门廊时，他三言两语很利索地处理了眼前的情况。

“我打电话给你叫一辆出租车送你回西卵。你和乔丹可以先去厨房等车，如果你们想吃晚饭的话，就叫厨房的人给你们做。”说着他站在门口，不知道是对乔丹说，还是对我说，或者是包含我们两个，“进来！”他说。

“不啦，谢谢！可是要麻烦你替我叫出租汽车，我在外面等。”

乔丹把她的手放在我的胳臂上。

“你进来不好吗，尼克？”“不啦，谢谢。”

经历了今天的纷扰，我虽然不是主要参与者，但我以一个旁观者的身份目睹了今天发生的所有事情。我心里有些难受，很想一个人静一静。乔丹没发现我的异常，还不舍地劝我。

“现在还早呢，才九点半。”她说。

我不想再进那个不属于我的地方，他们和我是两个世界的人，这些人我今天已经看得厌烦了，我突然意识到，我连乔丹都囊括其中。我觉得她一定是在我的表情上看出来了什么，所以她也突然转身，大步走上台阶，不回头地走进了那个世界。我两手抱着头坐了几分钟，直到我听见屋子里有人打电话，又听见男管家在叫出租汽车的声音。随后我就沿着车道慢慢从房子面前走开，准备到大门口去等。

我还没走上二十码就听见有人叫我的名字，紧跟着盖茨比从两个灌木丛中间出来走到小路上。我当时一定是精神错乱了，因为我脑海里一片空白，什么想法都没有了，眼里就只是那粉红色的外套在月光下，显得华丽又鲜艳。

“盖茨比？你在这里做什么？”

“我什么也不做，就站着，老伙计。”

不知为什么，这好像是一种可耻的行径。说不定他准备马上就去抢劫这家人哩。那样的话我也不会感到奇怪的，我仿佛看到了许多邪恶的面孔，“沃尔夫山姆的人”的面孔，就躲在他后面黑黝黝的灌木丛中。

“你在回来的路上有看见什么吗？或者听见什么？”盖茨比迟疑了一会儿说着。

“我看见了。”

他停顿了一下。

“她怎么样，死了还是活着？”

“当场就死了。”

“我当时就料到了。我告诉黛西，我想一定已经撞死了。这只是大惊一场，倒还好些。好在她表现得挺坚强。”

他这样说，仿佛黛西的反应才是唯一要紧的事情。

“我从一条小路开回西卵去，”他接着说，“把车子停在我的车房里。我想没有人看到过我们，但我不能肯定。”

听见他这样说，我已经对他有些厌恶了。我不打算提醒他该注意什么。

“你知道她是谁吗？”他问。

“她叫末特尔·威尔逊，她的丈夫是那个开车行的人。你们这是怎么一回事？”

“这……我真想把方向盘拉回来，我……”他没有继续往下说，但我大概猜到了。

“是黛西在开车吗？”

“是的，”他过了一会儿才说，“但是，当然我要说是我在开。是这样的，我们离开纽约的时候，她已经非常紧张了，她以为开车可以使她镇定下来——后来这个女人向我们冲了出来。正好迎面来了一辆和我们相错的车子。这中间只不过是一分钟的事，我看见那个女人向我们冲来，以为我们认识她，她想和我们说话。呃，本来黛西是把车转向了那边行驶过来的车子，但她受到惊吓又转了回去对着了那个女人。我发现不对劲刚碰到方向盘，就感到车震动了一下，我当时就觉得她死定了。”

“把她撞开了花……”

“别跟我说这个，老伙计。”他往回缩了一下，“总而言之，黛西拼命踩油门。我要她停下来，但她停不了，我只得拉上紧急刹车。这时她晕倒在我的膝盖上，我就接过来向前开。”

“过了今晚她就会好了。”他等了一会儿接着说，“我只不过是在这里等等看，我担心汤姆会因为下午的事欺负黛西。她现在把自己关在了屋里，如果汤姆想做出什么不好的事来，她就把灯关掉再打开。”

“他不会找她麻烦的，”我说，“他现在没有心思理会她。”

“我不信任他，老伙计。”

“你准备等多久！”

“要是可以的话，我等一整夜。但是至少我也要等到他们睡着了再走。”

我脑海里出现了一个新的想法，如果汤姆知道是黛西开车撞死威尔逊太太的，会不会对她有怀疑，或者说没有怀疑，认为她只是无心之失。我看向那座让我厌恶的房子，楼下灯光敞亮，二楼黛西的房间也依然亮着粉红色的灯光。

“你在这儿等着，”我说，“我去看看有没有吵闹的迹象。”

我沿着草坪的边缘走了回去，轻轻跨过石子车道，然后踮起脚尖走上游廊的台阶。客厅的窗帘是拉开的，因此我看到屋子里是空的。我穿过我们三个月以前那个六月的晚上吃过晚餐的阳台，来到一小片长方形的灯光前面，我猜那是食品间的窗户。窗帘拉了下来，但我在窗台上找到了一个缝隙。

在厨房一张桌子两边，汤姆和黛西对坐着，他们中间有一盘炸鸡，没有冒热气，明显放了有一段时间了，已经冷了，还有两瓶没开封的啤酒。汤姆隔着一张桌子对她说着什么，模样真诚，语气热烈，他的手盖在她的手上，黛西时不时地抬头看他，又点点头，像在同意着什么。

他们并不是快乐的，两人都没有动鸡和啤酒——然而他们也不是不快乐的。这幅图画清清楚楚有一种很自然的亲密气氛，任何人也都会说他们俩在一同阴谋策划。

我轻声走下阳台，这时来接我的出租车慢慢悠悠的，从那伸手不见五指的林荫道，向这边的房子行驶了过来。而盖茨比还在刚刚我们待着的地方耐心地等着我。

“那上面还安静吗？”他焦急地问。

“是的，十分安静。”我犹疑了一下，“你最好也回家去睡觉吧。”

他摇了摇头。

“不行，我不放心。我一定要确认黛西睡觉了再走。晚安，老伙计。”

他转身紧紧盯着那座房子，两手插在衣服口袋里，仔仔细细地看着那个窗口。我站在这里反倒有些不合时宜，他内心想守望的东西是神圣的，这是他一个人的守望，不需要别人的陪伴。所以我离开了这里，剩下他一个人伴月相守。

点评：

他得到的只不过是一场风花雪月，一个当了真，一个玩得真，这场看似轰轰烈烈的爱情虚有其表。在物质的女人眼里，爱情是可以用金钱衡量的，杰伊之于黛西，与一堆长脚的钞票无异，用完即可舍弃，这是对杰伊追求的爱情梦的侮辱。可悲的是，所有人都看清了这一点，唯有他还执迷不悟，一步错，步步错，直至把自己送进深渊，可又有多少人会可怜他?

第八章　盖茨比的回忆

盖茨比爱得太过执着，爱得太过神圣，他输了，从一开始就输得很彻底。他爱的黛西，习惯于高高在上，除了拥有一副好看的皮囊，余下的都是上层社会人士的浮华，这样的一个女人，进入不了他圣洁的爱情世界，他看不清，或者说不想看清，因此他成了牺牲品。

我一整晚都睡不着，海湾上的雾笛响彻夜空。我有种生病了的感觉，在残酷的现实和让人恐惧的噩梦中辗转反侧。在黎明将要破晓的时候，我听见外边车道上传来汽车的声音，应该是有出租车经过盖茨比的车道。我这样想着，于是我赶紧翻身下床，穿好衣服向外走去，因为必须向盖茨比提出一些忠告，有一些话我也必须要说，等到天大亮的时候，一切就来不及了。

我穿过他的草坪，看见他的大门还开着，他在门厅里靠着一张桌子站着，由于沮丧或者瞌睡而显得很颓唐。

“什么事也没发生，”他惨淡地说，“我等了，四点钟左右她走到窗门，站了一会儿，然后把灯关掉。”

那天晚上，我们穿过一个个大房间找香烟，我才觉得他的别墅更显宽大，更让人深感奇妙莫测。我们推开了那厚得像帆布似的门帘，在黑咕隆咚的房间里沿着墙壁摸索寻找电灯开关。我一个趔趄，没站稳，摔倒在他家那仿佛幽灵一样存在着的钢琴的琴键上，什么也看不到，一路磕磕绊绊，灰尘到处都是，这里许多屋子里都有霉味，很久没有人来清理了，也没有打开窗通风透气。我在一张不熟悉的桌子上找到了烟盒，里面还有两根走了味的、干瘪的纸烟。我们打开客厅的落地窗，坐下来对着外面的黑夜抽烟。

“你应当走开，”我说，“他们会追查你的车子，这是肯定的。”

“现在走开，老伙计？”

“到大西洋城[①]去待一个星期，或是往北到蒙特利尔[②]去。”

---

①大西洋城，新泽西州首府。

②蒙特利尔，加拿大首都。

他对我的忠告完全不考虑。他不可能从黛西身边离开，除非他知道黛西接下来做好了什么打算。他的心都在黛西身上，担心黛西会不会有什么事，殊不知他现在最该担心的是他自己。盖茨比对黛西还存有一线希望，我实在不忍心说出让他放手的话。

就是这天夜里，他把他跟丹·科迪度过的年轻时代的离奇故事告诉了我，因为“杰伊·盖茨比”这个形象已经像玻璃一样在汤姆的恶意上碰得粉碎，那出漫长的秘密狂想剧也演完了。我想他这时什么都可以毫无保留地承认，但他只想谈黛西的事。

她是他第一个接触到的贵族女子。他后来也曾和这样类型的人有过交集，只是没有用自己的真实身份。他换着用一些不重样的秘密身份去结识她们，可是无论怎么做都没有达到心中期望的那个感受，总是感觉和她们有一层看不见的网隔着。他为她神魂颠倒，他到她家里去，起先和泰勒营的其他军官一起去，后来单独前往。她的家使他惊异——他从来没进过这样美丽的住宅，但是更重要的是，有一种扣人心弦的强烈的情调在，就是因为她住在那里——这房子对于她就像他在军营里的帐篷对于他一样的平淡无奇。这所房子充满着迷人的神秘氛围。楼上好像暗示着还有很多干净、凉快的卧室，暗示着走廊里充满着快乐、美好的事情，也暗示会有一些风流美艳的事。这里的一切并非发霉被封存地存在，它是鲜活的，会让人联想到闪闪发亮的汽车和鲜花遍地的舞会。

很多男人曾经爱过黛西。这也使他激动——这在他眼中抬高了她的身价，他感到她家里到处都有他们的存在。空气中弥漫着仍然颤动的感情的残影和回声。

但是，他明白他之所以能出入黛西家里纯粹是出于偶然，不管他作为杰伊·盖茨比会有何等的锦绣前程，但现在不可否认的是，他只不过是一穷二白、名不见经传的小青年，况且他的这身军装——这件无形的装饰品不知道什么时候就脱下了。所以他要抓紧时间，抓住一切机会，像饿狼般吞食，尽可能地占有一切他所能得到的东西。最终，在十月份的一个晚上，他成功得到了黛西，得到了她的人和心，哪怕他本来是一个连碰黛西手的资格都没有的人。

他也许应该鄙视自己的，因为他确实用欺骗的手段占有了她，我不是说他利用了他那虚幻的百万家财。但是他有意给黛西造成一种安全感，让她相信他的出身跟她不相上下——相信他完全能够照料她。实际上，他并没有这种能力——他背后没有生活优裕的家庭撑腰，而且只要毫无人情味的政府一声令下，他随时都可以被调到世界上任何地方去。

但是他却并没有因为这样就看轻自己，他没有受限于自己的卑微，肆无忌惮地去做了他想做的事，虽然他的手段不那么光彩。这件事的结果让他自己都没有想到，他最开始只是打算如春梦了无痕般一走了之，享受过了就不再管她了。谁知他却从那时埋下了一颗异想天开的种子，并奋不顾身地投身到了这颗种子上。他在黛西身上感受到和别的名门女子的不同，但是他也没有弄明白到底是哪里不同。他离开后，她还会回到她那豪华的住宅里，回到她那丰富美满的生活。而对于盖茨比来说，她消失在了他的世界里，什么也没给盖茨比留下。他觉得他已经和她结了婚了，如此而已。

过了两天，他们再次相见时，盖茨比心里七上八下、患得患失，似乎他才是那个被欺骗的人。星光美美地映照在她家的阳台上，她对着他，让他亲吻她那可爱又迷人的小嘴唇，身下坐着的长靠椅的柳条发出吱呀声。她着了凉，她的声音比平时更沙哑，更动人。盖茨比深切地体会到财富有多重要——能保存青春，散发着神秘的气息，体会到一套套衣装怎样使人保持清新，体会到黛西像白银一样皎皎发光，安然高踞于穷苦人激烈的生存斗争之上。

“我不知道怎么给你形容我发现自己爱上了她之后的震惊，老伙计。有一瞬间，我非常希望她把我一脚踢开，但是她没有像我想的这样做，她也是爱我的。她认为我懂很多东西，其实那只是她知道的和我懂得的不同而已……唉，我沉浸在爱情中无法自拔，浑浑噩噩地不再去想什么宏图壮志，在爱情里面越陷越深，我对什么事都不管不顾了，妄图永远沉沦下去。如果我只需要随便说两句未来怎么怎么美好，她就能高兴快乐，那我为什么还会费尽心思地去完成呢？”

在他动身到海外之前的最后一个下午，他搂着黛西默默地坐了很长的时间。那是一个寒冷的秋日，屋子里生了火，她的两颊烘得通红。她不时移动一下，他也微微挪动了一下胳臂，有一次他还吻吻她那乌黑光亮的头发。下午已经使他们平静了一会儿，仿佛为了在他们的记忆中留下一个深刻的印象，为第二天即将开始的长久的分离做好准备。她用无言的嘴唇拂过他上衣的肩头，或者他温柔地碰一碰她的指尖，仿佛她是在睡梦之中，他俩在这一月的相爱中从来没有像这样亲密过，也从来没有像这样深情地互说衷肠。

战争的爆发反而让他的仕途蒸蒸日上，他的上尉在上前线之前就被授予了，在阿贡战役中他表现突出，又升为了少校，还是师机枪连队的连长。战争停息的时候，他非常想回国，但是由于当时局势还比较混乱，也在一些巧合的情况下，他到了牛津学习。这不是他想看到的，短时间回国无望，加上黛西给他的来信中表现的不安和绝望，更是让他苦恼不已，她不能理解他为什么迟迟还不回来。她开始感觉到外界的压力，因此她需要见他，需要感觉到有他在她身边，需要他安慰她，说她所做的事完全正确。

毕竟黛西还年轻，并且她的世界充满了兰花香味、愉快的社交风尚和管弦乐队——正是那些乐队定当年的节奏，用新的曲调总结人生的哀愁和温情。萨克斯通宵呜咽着《比尔街爵士乐》绝望的哀吟，这时一百双金色的舞鞋、银色的舞鞋同时欢快地跳动着，扬起地上一片闪闪亮亮的灰尘。每天夜晚在喝茶的时候，总是有一些房间被这种低沉、暧昧的音乐惊动着，然后就会有面容鲜亮的人来来去去，像是被喇叭传出的哀怨音乐吹落在了舞池片片飞舞的玫瑰花瓣里。

在这个飘飘然的世界，属于社交的时节又到来了。黛西回到了以前那种万千宠爱的生活当中，天天和五六个男人订五六次约会，到破晓才困顿不堪地入睡，晚礼服的珠子和薄绸同凋零的兰花缠在一起，丢在她床边的地板上，在这期间，她内心深处渴望做出一个决定——她现在就要解决自己的终身大事，刻不容缓。她需要一股让她感到有所安心的力量来做出决定，而且还必须是能看得见并切身感受得到的，比如爱情或者钱财，总之是不用幻想的东西。

在春天过去一半时，那股力量随着汤姆·布坎农的到来出现了。他不论身材还是身家都很优秀，黛西对他也很满意，觉得面上有光。虽然她也有过思想上的挣扎，但最终她还是选择了汤姆。盖茨比收到信时还在牛津。

这时长岛上已是黎明，我们走过去把楼下其余的窗子也都打开，让屋子里充满渐渐发白、渐渐金黄的光线。一棵树的影子突然横投在露水上，同时幽灵般的鸟儿在蓝色的树叶中开始歌唱。空气中有一种缓缓的愉快的动静，还说不上是风，预示着凉爽宜人的天气。

“我相信黛西，她一定没爱过汤姆。”盖茨比在窗户边，转过身对我说，眼神带着一丝挑衅地看着我，“你一定要记好，老伙计，她下午很紧张，汤姆对她说话的方式也吓坏她了，还说我是骗子，黛西紧张得自己都不知道自己说了什么。”

他一脸不开心地坐了下来。

“当然，她可能爱过他一阵子，在他们刚结婚的时候——就在那时也更加爱我，你明白吗？”

忽然间他说出了一句很奇怪的话。

“无论如何，”他说，“这只是个人的事。”

你怎么理解这句话呢，只能去猜测他在对这件事的看法中有一种无法估量的强烈感情。

他从法国回来的时候，正赶上黛西和汤姆去结婚旅行了。他十分痛苦，最后用他剩余的工资去了路易斯维尔。他在那里游荡了一个星期，去过他们在十一月的夜晚并肩散步的大街，又拜访了那一年开着她白色的车去的偏僻的地方。黛西家的住宅在他看来一直比别人家的更神秘而快乐。路易斯维尔这个城市现在没有黛西的身影，也没有黛西的气息，但在他眼里依然有一种忧郁的美态，这是一个无力回天之人所做的能得到温暖的事。

他离开的时候觉得假如他更努力地去找的话，他也许可以找到她的——而现在他却留下她走了。三等车厢里很热——他现在分文不剩了。他走到敞篷的通廊，在一张折叠椅上坐下，车站离他远去，路易斯维尔陌生的房子也离他远去，黛西也永远地消失在他的世界里。这辆火车，在春天的田野间驶过，和着一辆黄色电车并排前行一阵，也都消失在了身后，也许电车里有人曾在某个地方，不经意间看见过她那张让人为之倾倒的容颜。

铁轨拐了一个弯，现在是背着太阳走，西沉的太阳光芒四射，似乎为这个慢慢消逝的、她曾生活过的城市祝福。他绝望地伸出手去，仿佛只想抓住一缕轻烟，从那个因为她而使他认为是最可爱的地方留下一个碎片。但是在他模糊的泪眼前一切都跑得太快了，他无助地意识到了，自己失去了那一度让他的生活充满希望的部分，那最动人、最美好的部分。

我们吃完早饭时，就已经九点钟了，来到外面的阳台才发现，昨夜的天气已经有了变化，秋天悄然而至。盖茨比剩下的最后一个老仆人——也是一名园丁走了过来。

“盖茨比先生，我准备今天把游泳池的水都放干净。现在入秋了，树叶枯黄会掉落下来，免得到时候把水管堵住了。”

“今天不要弄了。”盖茨比回答。他饱含歉意地转身对着我，“你知道吗，老伙计，我整个夏天从来没用过那个游泳池！”

我看了看我的表，站起身来。

“离我那班车还有十二分钟。”

我并不愿意进城去，也没有精神干一点像样的工作，可是不仅如此——我不愿意离开这个地方。于是我在错过了两班车后，才勉强地离开去上班。

“等我打电话给你。”我在离开时最后说。

“说定了，你一定要打给我，老伙计。”

“我在中午时分打给你。”

我们散步般走下台阶。

“我想黛西也会打过来的。”他心神不宁地看向我，想听到我对他的话表示同意。

“我想她会的。”

“那么，再见吧！”

我们握握手，然后我就走开了。在我快走到树篱之前，我想起了一件事，于是又掉转身来。

“他们是一帮浑蛋，”我隔着草坪喊道，“他们那一大帮放在一起也比不上你。”

我后来一直很高兴早说了那句话。那是我对他说过的唯一的好话，因为我是彻头彻尾不赞成他的做法的。开始他彬彬有礼地对我点了点头，然后他露出了会心的、欣喜不已的微笑，就好像我们早在这件事上狼狈为奸、达成一致了一样。他站在大理石台阶上，粉红色的衣服和白色的台阶融为一体，看起来器宇轩昂。我因此想到了三个月前，我第一次来到他富丽的别墅，他家的草坪上站满了慕名而来的客人，低声细语地说着他的传言。而他也这般站着，隐藏好心中纯洁美好的梦，向世人挥手道别。

我感谢了他的殷勤招待。我们——我和其他的人——总是为此向他道谢。

“再见，”我喊道，“谢谢你的早饭，盖茨比。”

到了城里，我勉强抄了一会儿那些不计其数的股票行情，后来就在我的转椅里睡着了。中午前不久，电话把我吵醒，我吃了一惊，脑门上汗珠直冒。电话是乔丹·贝克打来的，原本我经常会在这个时间给她打过去的，但是由于她的足迹飘忽，有时在大饭店，有时在俱乐部，有时候又会在她私人的房子，我找她不方便，所以就变成了她打给我了。一般听到她从电话那头传来的声音，我就会感到很高兴，就像在绿色的高尔夫球场上飘来了一些草根上的泥土，正好落在了我的窗台上。但是今天我没有高兴的感觉，她的语气很生硬。

“我离开了黛西的家，”她说，“此刻在海普斯特德，今天下午就要到索斯安普敦去。”

她离开黛西的家可能是很得体的，但是她的做法却使我不高兴，她下面一句话更叫我生气：“昨晚你对我不怎么好。”

“在那种情况下有什么关系呢？”

沉默了片刻之后，她说：“不管怎样……我想见见你。”

“我也想看见你。”

“那我就取消去索斯安普敦的计划来找你，就今天下午，好吗？”

“今天下午不行，至少……除了今天下午。”

“随你的便吧。”

“今天下午实在不可能，许多……”

我们就这样说了一会儿，后来突然间我们俩都不再讲话了。我不知道我们俩是谁把电话啪的一下挂掉，但我知道我毫不在乎了。我那天不可能跟她在茶桌上面对面聊天，即使她从此永远不跟我讲话也不行。

过了几分钟，我打电话给盖茨比，奇怪的是电话一直占线，我一连打了四个电话，最后接线员不耐烦地说，这条线路暂时不会有空，在专线等来自底特律的长途电话。我看了看火车时刻表，在那张纸上的三点五十分的列车上做了个圆圈记号。然后我就无所事事地躺在椅子上，脑海中想着事情。那时已经是中午了。

那天早上乘火车路过灰堆时，我特意走到车厢的另外一边去。我料想那儿整天都会有一群好奇的人围观，小男孩们在尘土中寻找黑色的血斑，还有一个爱唠叨的人翻来覆去讲出事的过程，添油加醋地越说越离奇，直到他自己都圆不下去了，威尔逊太太的悲剧也就渐渐淡出人们的视线。现在我要回过头去讲前一晚我们在离开车行后的事。

人们费了不少力气才找到她的妹妹凯瑟琳。她到车行的时候整个人醉醺醺的，一看就知道她一定破了不喝酒的规矩，所以她第一时间没有理解救护车开到弗勒兴区的原因，而等她反应过来的时候，直接就晕倒了，仿佛整个事件她最难受的就是这个部分了。有好心人把她扶上车，开车紧跟在姐姐的救护车之后。

直到午夜过去很久以后，还有川流不息的人拥在车行前面，同时乔治·威尔逊在里面的长沙发上不停地摇来晃去。起先办公室的门是开着的，凡是到车行里面来的人都忍不住向里张望着。后来有人说这太不像话了，才把门关上。米切里斯和另外几个男人轮流陪着他。起先有四五个人，后来剩下两三个人。再到后来，米切里斯不得不要求最后一个陌生人再等十五分钟，让他回自己铺子里去煮一壶咖啡。在那以后，他独自一个人待在那儿陪着威尔逊一直到天亮。

差不多三点钟的时候，威尔逊没有再胡言乱语了，他已经安静了下来，谈到那辆黄色的轿车时，他说道一定有办法能找到车主是谁。然后，他不经意地说起两个月之前的事，有一个晚上，他老婆从城里回来时脸上有瘀青。

他突然意识到自己无意间说出的这件事是什么，感到了害怕，于是就又开始哭喊“我的上帝啊”。米切里斯嘴笨，不太会安慰人，但还是试图转移威尔逊的注意力说：“你们结婚到现在有多长时间了，乔治？行啦，安静坐着休息一会儿，回答我的问题。你们结婚多少年了？”

“十二年。”

“生过孩子没有？得啦，乔治！坐着别动——我问了你一个问题。你生过孩子没有？”

硬壳的棕色甲虫不停地往暗淡的电灯上乱撞。每次米切里斯听见一辆汽车在外面公路上疾驰而过，他听上去总觉得就像是几个小时以前那辆没停的车。他不愿意走进汽车间去，因为那张停放过尸体的工作台上有血迹。无奈，他只能在小小的办公室里转来转去，甚至已经把这片空间里的每一个东西都看得非常熟悉了。他在瞎转的时候时常会到威尔逊身边坐下，想方设法让他安静一些。

“有没有一个你不常去的教堂，乔治？或许你很久都没有再去，我想可以给教堂打个电话，请一位牧师和你聊聊，好吗？”

“我又不属于任何教堂。”

“你应当有一个教堂，乔治，碰到这种时候就有用了。你从前一定做过礼拜。难道你不是在教堂里结婚的吗？听着，乔治，你听我说，难道你不是在教堂里结婚的吗？”

“那是很久以前了。”

米切里斯的方法起了作用，来来回回的一问一答打乱了他不断晃动的节奏，他终于安静下来了，又回到了他本来那种行尸走肉、没精打采的样子。

“你把那个抽屉打开。”他指向那个书桌说。

“你说哪一个抽屉？”

“那一个，对，就是它。”

米切里斯打开了离他手边最近的那个抽屉。里面什么都没有，除了一根小小的贵重的狗项圈[①]，是用牛皮和银穗带制作的。看上去还是新的。

“这个？”他举起狗项圈问道。

威尔逊瞪着它，点了一下头。

“这是我昨天下午发现的，她当时一直在绞尽脑汁[②]地向我解释，但是我相信事情绝对不是她说的那么简单，这里面一定有猫腻。”

“你的意思是说这是你太太买的？”

“她放在了梳妆台上，包着薄纸。”

米切里斯看不出这有什么古怪，于是他对威尔逊说出十来个理由为什么他老婆可能会买这条狗项圈，但是不难想象，那些同样的理由有一些威尔逊已经从末特尔那里听过，因为他又轻轻地哼起：“我的上帝啊！”他的安慰者还有几个理由没说出口又缩回去了。

“一定是这样，是他杀了她。”威尔逊说着，嘴巴张得老大。

---

①这里指情趣用品，威尔逊怀疑太太外面有人的证据之一。

②费尽心思。

“谁杀的？你知道是谁吗？”

“我有办法知道的，我会找出来是谁，他逃不掉。”

“你又在胡思乱想什么，乔治。”他的朋友说，“你现在只是承受不了这个巨大的刺激，自己在说什么都不清楚了。你还是安静地坐到天亮就会好一些了。”

“他谋杀了她。”

“那是交通事故，乔治。”

威尔逊摇了摇头。他的眼睛眯成一条缝，嘴巴微微咧开，不以为然地轻轻“哼”了一声。

“我知道，”他肯定地说，“我是个信任别人的人，从来也不怀疑任何人有鬼，但是我一弄明白一件事，我心里就有数了。是那辆车子里的那个男人。她跑过去想跟他说话，但是他不肯停下来。”

米切里斯亲眼看见了当时的经过，所以也看到威尔逊太太朝着那辆车跑了过去，但他并没有想到有其他意思。他只是以为她和威尔逊吵了架才跑出来的，而不是想和某个车主说话跑去拦车。

“她怎么可能弄成那样呢？”

“她这人很深沉。”威尔逊说，仿佛这就回答了问题。“啊——哟——哟——”

他又摇晃起来，米切里斯站在旁边搓着手里的狗项圈。

“或许你可以打电话找你的朋友帮帮忙，乔治。”

这个希望很渺茫——他可以基本肯定威尔逊是没有朋友的，

这个人连自己老婆都照顾不了。又过了一阵，屋里渐渐有变化了，窗外的天空不再被黑夜笼罩，在向蓝色转变——原来马上就要天亮了，米切里斯心中暗喜。五点钟左右的时候，黎明破晓，天空变蓝，屋里的灯彻底关掉了。

威尔逊呆滞的眼睛转向外面的灰堆，那上面小朵的灰云呈现出离奇古怪的形状，在黎明的微风中飞来飞去。

“我跟她谈了，”他沉默了半天以后喃喃地道，“我告诉她，她也许可以骗我，但她绝对骗不了上帝。我把她领到窗口，”他费劲地站了起来，走到后窗户面前，把脸紧贴在上面，“然后我对她说，‘上帝的眼睛你是欺骗不了的，尽管你可以骗过我，但是上帝却知道你做的所有事情，你觉得你能瞒得过上帝吗？’”

米切里斯静静站在他身后，对他这样的认真感到不解和吃惊，惊讶他所面对着上帝的方向是T.J.埃克尔堡大夫的那双没有光彩，但硕大无比的眼睛。那双眼睛在夜幕刚退去就清晰无比地显露出来。

“上帝看见一切。”威尔逊又说了一遍。

“那是一幅广告。”米切里斯告诉他。不知是什么使他从窗口转开，回头向室内看着，只见威尔逊在那里站了很久，脸紧靠着玻璃窗，向着曙光不住地点头。

快六点钟的时候，米切里斯也没有精力了，疲惫不堪的他听到楼下汽车停下的声音而欢欣不已。这是昨天一起守夜的人中的一个，说好今天还会过来的，于是米切里斯转身去做三个人的早饭并草草吃完。威尔逊比昨天镇定了不少，米切里斯看他没什么异样了就放心地回家睡觉去了。四小时之后他醒过来，急忙又跑回车行，这时，威尔逊已经不见了。

他的行踪——他一直是步行的——事后查明是先到罗斯福港，从那里又到盖德山，他在那里买了一块三明治，可是并没有吃，还买了一杯咖啡。他一定很累，走得很慢，因为他中午才走到盖德山。为什么能对他的时间做出清楚的交代，这并不难——有几个男孩子看到过一个行为古怪、状若疯子样的男人，还有几个车主也说有个人在路边奇怪地盯着他们，让人发毛。再之后的三个小时他又消失得无影无踪了。警察询问米切里斯，通过他的话做出分析后，认为威尔逊说的“会打听出来”一定会在附近的车行转悠，打听有没有一辆黄色小车。可奇怪的是，周边车行都没有见过威尔逊来过，也许他有一种更快捷、更准确的方法去打听吧。到下午两点半钟，他到了西卵，在那里他问人到盖茨比家去的路。所以那时候他已经知道盖茨比的名字了。

下午两点钟，盖茨比穿上游泳衣，留了话给男管家，如果有人打电话来，就到游泳池来给他送个信。他先去了车库一趟，拿出一个橡皮垫子——夏天用来给客人们在游泳池玩闹、游戏用的。司机把这个垫子充满气，盖茨比叮嘱司机，不管出现什么情况，都不准把那辆黄色轿车开出来。司机不理解，感到奇怪，因为那辆车前面的挡泥板已经坏了。难道不需要修理？

盖茨比把垫子扛在肩上，向游泳池走去。有一次他停下来挪动了一下，司机问他要不要帮忙，但是他摇了摇头，再过一会儿就消失在叶片正在变黄的树林中了。

始终没有人打电话来，可是男管家午觉也没睡，一直等到四点——等到那时即使有电话来也早已没有人接了。我有一个想法，盖茨比本人并不相信会有电话来的，而且他也许已经想开了。如果真是如此的话，那么盖茨比会觉得以前他一直认可的那个温暖的世界不复存在了。那么他透过林间的树叶看向蔚蓝的天空，一定有不寒而栗的感觉，并且会对玫瑰花的感觉都是丑陋不堪的，而阳光照耀在刚出土的嫩芽之上是一件十分残酷的事情。这是一个全新的世界，不仅物质而且虚幻，世上飘荡着无数让人同情的幽怨的灵魂，呼吸着空气中虚无缥缈的幻梦，在天地间游荡……就像那个灰蒙蒙的、奇怪的人影穿过杂乱的树木悄悄地朝他走来。

汽车司机——他是沃尔夫山姆的一个手下——听到了枪声，事后他可能解释说他当时并没有十分重视。我从火车站把车子直接开到盖茨比家里，等我急急忙忙冲上前门的台阶，才使屋里的人感到是出事了，但是我认为他们当时肯定已经知道了。我们四个人——司机、男管家、仆人还有我，一路上急急忙忙、沉默不语地直奔游泳池。

游泳池的水在轻微流动，几乎看不出来。一根排水管放水，另一边是新放进来的干净的水。随着微不可见的涟漪，那个背负着盖茨比重量的垫子在泳池里随意漂浮着。连水面也吹不皱的一阵微风就足以扰乱它那载着偶然的重负的航程。一堆落叶使它慢慢旋转，像经纬仪一样，在水上转出一道细细的红色的圈子。

我们把盖茨比抬着向屋里走去的时候，仆人才看见了威尔逊的尸体，在旁边不远的草丛中静静躺着，于是这场无一生还的灾难就宣告结束了。

点评：

盖茨比努力学习如何成为上层人士，他得到了金钱，拥有了和上层贵族不相上下的财富。但他始终不是一个上层人士，充其量算是一个富人。他没有学到上层阶级遇到事情找退路，烂摊子留给别人收拾，纵有天大的麻烦，也能心安理得地退回钱堆里去麻木地活着的生活方式。这是盖茨比缺少的东西，却也是他了不起的一点。

第九章　无人参加的葬礼

富人又如何？穷人又怎样？那些他款待过的人、真诚招待过的人，对这个曾经的东道主可有过一丝怜悯，可有过一丝感恩？讽刺的是，人走茶凉，待到一切尘归尘、土归土之后，人们又回到了自己的生活里，各自安逸！

时隔两年，我回想起那天其余的时间，那一晚以及第二天，只记得一批又一批的警察、摄影师和新闻记者在盖茨比家的前门口来来往往。外面的大门口有一根绳子拦住，旁边站着一名警察，不让看热闹的人进来，但是小男孩们不久就发现他们可以从我的院子里绕过来，因此总会出现几个孩子挤在泳池边，睁大眼睛屏气凝神地往里望。那天下午，有一个气势不凡、泰然自若的人，我觉得他应该是一名侦探，他本来在专注地检查威尔逊的尸体，他发现了威尔逊自杀的伤口，突然抬起头来说“疯子”。这是他有感而发，不是刻意说出的词语，因为带着他具有权威性的身份，所以在第二天的报纸上就全带着这种基调。

那些报道大多数都是一场噩梦——离奇古怪，捕风捉影，像煞有介事，而且不真实。等到米切里斯在验尸时的证词透露了威尔逊对他妻子的猜疑以后，我以为整个故事不久就会被添油加醋地在黄色小报上登出来——不料，凯瑟琳她本可以信口开河的，却什么都不说，并且展现出了让人震惊的魄力——她的眉毛经过了仔细的描绘，底下的两只眼睛直视着验尸官，目光坚定而坚强。她得说无比真诚，说姐姐从来不知道什么盖茨比，也没见过他，说姐姐和姐夫生活得很幸福，姐姐绝对不会出轨。一番声泪俱下的言辞，连她自己都信服了，拿出手帕伤心地擦拭眼泪，仿佛就算一个这样的简单质疑都让她悲伤不已，无法接受。于是威尔逊就被归结为一个“悲伤过度精神失常”的人，以便这个案子可以保持最简单的情节。案子也就这样了结了。

但是事情的这个方面似乎整个都是不痛不痒、无关紧要的。我发现自己是站在盖茨比一方的，并且就只有我一个人。从我向西卵镇打电话报告这个惨案的时候起，那些对他的猜测，那些实际的问题，到最后都汇聚到我这里来了。刚开始我一头雾水，后来随着时间一个小时一个小时地过去，他照常静静躺在那房子里，不能呼吸，也不能说话，我才终于明白我变成了这里的负责人。因为除我以外没有任何人有兴趣——我的意思是说，那种每个人死后多少都有权利得到的强烈的个人兴趣。

在我们发现他的尸体半小时之后我就打了电话给黛西，本能地、毫不迟疑地给她打了电话。我去找他们，仆人告诉我他们已经走了，带着行李，在下午很早的时候就走了。

“有留下地址吗？”

“没有留。”

“说他们几时回来吗？”

“没有。”

“知道他们到哪儿去了吗？我怎样才能和他们取得联系？”

“我不知道，说不上来。”

我真想找到一个能陪他的人，我真想进入那间他躺着的屋子里给他安慰，说：“我肯定能再找来一个人的，盖茨比，你别急。你要相信我，我肯定能再找来一个人……”

我没在电话簿里找到迈尔·沃尔夫山姆的名字。男管家对我说了他在百老汇办公室的所在地，我急忙向电话所[1]打电话询问那儿的号码，可是我得到回复的时候已经五点多了，我打过去并没有人来接。

“请你再摇一下好吗？”

“我已经摇过三次了。”

①相当于现在的客服中心。

“有非常要紧的事。”

“对不起，那儿恐怕没有人。”

我回到了客厅，盖茨比还是躺在那里，不会再和我打招呼，我再也看不见那神秘又温暖的笑。客厅里来了许多政府的人，我最先还以为是一些不请自来的客人。他们掀开了盖茨比身上的被单，惊恐至极地看着他。这时，我的脑海里继续回荡起他的抗议声：“我说，老伙计。你一定要再找个人来看我，你可要想想办法，我一个人真是无法承受啊。”

有人来找我提问题，我却脱了身跑上楼去了，匆匆忙忙翻了一下书桌上那些没锁的抽屉——他从没明确地告诉我他的父母已经死了，但是什么也找不到——只有丹·科迪的那张相片，那已经被人遗忘的粗野、狂暴的生活的象征，他从墙上向下面凝视着。

第二天一大早，我就叫男管家去纽约给沃尔夫山姆送信。在信里我向他打听了关于盖茨比的一些消息，并且恳请他马上搭乘下一班最近的火车前来。我觉得我对他的请求是多余的，我觉得他只要在报纸上看见盖茨比出事了自己立马就会来。我这样想着，就像我觉得黛西会在中午之前传来电报——事实上，黛西没有传电报来，沃尔夫山姆也没有来。没有任何人来看望盖茨比，这里只有政府的警察、新闻媒体工作者还有摄影师。男管家带回了沃尔夫山姆的回信，这时我已经开始感到我在俯视一切——这些卑微的、虚假的友情和爱情，我和盖茨比可以一起冷眼看着他们所有人。

亲爱的卡罗威先生：

这个消息使我感到万分震惊，我几乎不敢相信是真的。那个人干的这种疯狂行为应当使我们大家都好好想想。我现在不能前来，因为我正在办理一些非常重要的业务，目前不能跟这件事发生牵连。过些时候，如有我可以出力的事，请派埃德加送封信通知我。我听到这种事后简直不知道自己身在何处，感到天昏地暗了。

您的忠实的

迈尔·沃尔夫山姆

下面还潦草仓促地附下一句：

丧礼安排好了请告诉我，而且我并不认识他家里的人。

那天下午电话铃终于响起，长途台说是芝加哥来的电话，我想黛西终于来消息了，可等我接听电话的时候，传来的却是一个男声，声音很轻、很缥缈。

“你好，我是斯莱格……”

“嗯？”这是一个陌生的名字。

“那封信真让人头疼。你说是不是？你收到我之前传给你的电报了吗？”

“我什么也没收到。”

“小派克倒霉了，”他话说得很快，“他在柜台上递证券的时候给逮住了。刚刚五分钟之前他们收到纽约的通知，列上了号码。你想得到吗？在这种乡下地方你没法料到……”

“喂！喂！”我上气不接下气地打断了他的话，“你听我说——我不是盖茨比先生。盖茨比先生死了。”

电话那头沉寂良久，然后传来一声惊叫……接着就嗒一声把电话挂掉了。

大约在第三天的时候，我收到了一份电报，来电地址是明尼苏达州的一个小镇，电报署名亨利·C. 盖兹。内容大致说的就是葬礼别急着举行，发电人马上出发过来，等他到了再说。

来者是一个很稳重的老人，看起来沮丧又可怜，很让人心酸，他是盖茨比的亲生父亲。时值九月，天气还算暖和，这位老人却穿着一件不怎么体面的长大衣。他情绪激动，眼泪止不住地往下掉，我从他手里把旅行包和雨伞接过来时，他不停地伸手去拉他那把稀疏花白的胡须。我好不容易才帮他脱下大衣。他快要垮了，于是我一面把他领到音乐厅里去，让他坐下，一面打发人去弄一点吃的过来，但是他不肯吃东西，那杯牛奶也从他那哆哆嗦嗦的手里泼了出来。

“我从芝加哥报纸上看到的，”他说，“芝加哥报纸上全都登了出来，我马上就动身了。”

“我没法子通知您。”

他的眼睛越过我，在屋子里扫来扫去。

“是那个疯子干的，”他说，“他真的是疯了。”

“您喝咖啡吗？我去给你拿一杯。”我安慰他说。

“我什么都不用。我现在好多了，对了，您是？”

“卡罗威。”

“嗯，我现在好了。他们把杰米放在哪儿了？”

我把他领进客厅里，到停放他儿子的地方，把他留在那里。有几个小男孩爬上了台阶，正在往门厅里张望着。等到我告诉他们是谁来了，他们才勉勉强强地走开了。

过了一阵，盖兹先生从里面走出来了，他嘴巴微微张开着，脸上还有悲伤过后留下的红润，眼睛里的泪水还不时地掉落一滴。他这个年纪已经不那么看重生死了，这时他缓了缓神，第一次仔细地打量面前的房子，看见这栋华丽的别墅，屋子一间连着一间，数不胜数，他的悲伤又和一股骄傲、惊讶连接在一起了。我轻轻地搀扶着他上了楼，脱下他的上衣和背心，告诉他葬礼的安排已经延后了，在专程等着他老人家来做决定。

“我不知道您要怎么办，盖茨比先生。”

“我姓盖兹。”

“盖兹先生，我以为您也许要把遗体运到西部去。”

他摇了摇头：“杰米一向喜欢待在东部。他是在东部上升到他这个地位的。你是我孩子的朋友吗，先生？”

“我们是交情很深的朋友，可以说是知己。”

“他是一个前途无量的人，您应该知道。他还是个年轻的小子，但是在这里他却做出了这么大的成就。”

他深信不疑地用手碰了碰脑袋，我也跟着点头。

“他要是没有死的话，也能成为詹姆斯·J. 希尔[①]那样的大人物，为国家做贡献。他一直都不想做一个平凡的人——我知道的。”

“确实是那样。”我内心忐忑地说。

他笨手笨脚地把绣花被单扯来扯去，想把它从床上拉下来，

①詹姆斯·J. 希尔（James. J. Hill，1838—1916），美国铁路大王。

接着就硬邦邦地躺下去——立刻就睡着了。

那天晚上，一个显然害怕着的人打电话来，一定要先知道我是谁才肯报他自己的姓名。

“我叫卡罗威。你是？”我说道。

“噢！”他好像松了一口气，“我叫克利普斯普林格。”

我不由感到有些欣慰，欣慰盖茨比的葬礼能多一个朋友来参加了。我没有在报纸上公开想法，引来一大堆看热闹的人是没有意义的，因此我自己打了几个电话通知了几个人来参加。这几个电话打得也很难，这些人很难找到。

“明天出殡，”我说，“下午三点，就在此地家里。我希望你转告凡是有意参加的人。”

“哦，一定，”他忙说，“当然啦，我不大可能见到什么人，但是如果我碰到的话。”

他的语气使我起了疑心：“你自己当然是要来的。”

“呃，我一定想法子来。我打电话来是要……”

“等等，”我打断了他的话，“先说你一定来怎么样？”

“呃，我想说……事实上是这么一回事，我现在在格林尼治这边的一个朋友家里，他特意邀请我明天一起去玩，所以明天我可能要和他们去野餐或者什么的。不过，我要是能走得开的话，我一定过来。”

我听不下去了，提醒着叫了一声“嘿”，他也肯定听见了，因为他后面说话时明显有了一些紧张：

“我打电话来是为了我留在那里的一双鞋。不知道能不能麻烦你让男管家给我寄来，你知道，那是一双网球鞋，我离了它简直没办法。我的地址是B. F……”

我没听他说完那个名字就把话筒挂上了。

见识了这些人的嘴脸后，我真替盖茨比感到不值[①]和羞愧——其中，我还打过一个电话，电话那头的声音直接说他死得好。这是我的过失，这个电话号码的主人是其中一个曾经在盖茨比的晚宴喝醉酒大声地骂过他的人，我就不该给这样的人打电话。

出殡那天早晨，我到纽约去找迈尔·沃尔夫山姆。似乎用任何别的办法都找不到他。在开电梯的人的指点之下，我推开了一扇门，门上写着“一个公司的名字，可是起先里面好像没有人，但是我高声喊了几声“喂”也没人答应之后，一扇隔板后面突然传出争辩的声音，然后出来一个长相漂亮的犹太女人，在门口用带着警惕的眼神看着我。

“这里没人，”她对我说，“沃尔夫山姆先生没在家，他去芝加哥了，你要找他的话去那儿吧。”

我不知道沃尔夫山姆是不是真的没在家，但是我能肯定的是她第一句话是骗我的，因为我听见里面有人在杂乱无章地吹着《玫瑰经》。

“请你转告他，卡罗威来了。”

“我又不能把他从芝加哥叫回来，对不对？”

正在这时，有一个声音——毫无疑问是沃尔夫山姆的声

①不值得。

音——从门的那边喊了一声“斯特拉”。

“你把名字留在桌上，”她很快地说，“等他回来我告诉他。”

“可是我知道他就在里面。”

她向前跨了一步，挡着我，气势汹汹的两只手顺着臀部在上下移动，做威胁状。

“年轻人总是觉得这里是你们随时都能闯进来的地方，”她生气道，“我们最烦你们这样的了。我已经说过了，他在芝加哥，那他就是在那边，不在这里。”

我说我认识盖茨比，是他的朋友。

“噢噢，这样啊……”她这才对我有了一些态度上的转变，“请稍……您等我一下，您刚刚说您姓什么来着？”

她不见了。过了一会儿，迈尔·沃尔夫山姆就庄重地站在门口，两只手都伸了出来。他把我拉进他的办公室，一面用虔诚的口吻说在这种时候大家都很难过，一面敬我一支雪茄。

“我还记得我第一次见到他的情景，”他说，“刚刚离开军队的一名年轻的少校，胸口挂满了在战场上赢得的勋章。他当时太穷了，连便服都买不起，只能穿军服。我和他第一次见面的时候是在四十三号街怀恩勃兰纳经营的一家弹子房，他正在里面找工作。他已经饿了两天，我不忍心就说：‘我们一起吃午饭吧，我请客。’结果他狼吞虎咽地不到半小时就吃下了四块多的食物，真是把他给饿坏了。”

“是你帮他做起生意来的吗？”我问。

“帮他！我一手造就了他。”

“哦。”

“他是我一手培养起来的，是我在他失魂落魄的时候将他从阴沟里面拉起来的。我见他的第一眼就让我对他印象很好——一个器宇轩昂、一表人才的年轻人。后面他对我说他念过牛津，我更觉得这个人可堪大用。我让他加入了美国退伍军火协会，后来他在那里的地位挺高的。他一出马就跑到奥尔巴尼[1]去给我的一个主顾办了一件事。我们俩在各方面都像这样亲密，”他举起两个肥胖的指头，“永远在一起。”

我心里有个疑惑，不知道一九一九年棒球世界联赛的事，他们是不是就已经联手了？

“他现在走了，”过了一会儿我对他说，“既然你是他这么多年最亲密的朋友，那么今天下午的葬礼仪式你一定会参加的吧！”

“我很想参加。”

“嗯，随时都可以过来。”

他鼻子里黝黑的毛微微颤动着，然后叹了口气摇摇头，眼睛里噙满泪水。

“我不能参加……我不能再受这种事情的牵连了。”他说。

“没有什么事可以牵连进去的，事情都过去了。”

“凡是有人被杀害，我总不愿意有任何牵连，也不介入。我年轻时就大不一样——如果一个朋友死了，不管怎么死的，我总是出力出到底。你也许会认为这是感情用事，可是我是说到做到的——一直拼到底。”

他下定了决心不参加，我也不再强求，他应该有他自己的想

---

①奥尔巴尼，纽约州首府。

法，于是我准备起身离开。

“你是上过大学，从大学毕业的吗？”他蓦然问了我一句。

有那么一瞬间，我以为他要和我达成什么交易，结果他只是对我点点头，握了一下手。

“咱们都应当学会在朋友活着的时候讲交情，而不要等到他死了之后，”他表示，“在人死以后，我个人的原则是不管闲事。”

我离开他办公室的时候，天色已经变黑，我在蒙蒙细雨中回到了西卵。我换过衣服之后来到了隔壁，盖兹先生有些兴致勃发地在大堂里来回转悠，似乎在惊讶自己儿子的巨大财富，自豪感也在渐渐提升。见我来了，又拿出一样东西想让我看。

“这是杰米寄给我的一张照片，”他的手颤抖着从钱包里摸出一张照片，“你看看。”

是这座房子的一张照片，四角破裂，也给许多手摸脏了。他热切地把每一个细节都指给我看。“你瞧！”随即又看我眼中有没有赞赏的神情。他把这张照片给人家看了那么多次，我相信在他看来照片比真房子还要真实。

“这是杰米特地寄给我的，你看这照得多好，真好看。”

“很好看。你们最近见过面吗？”

“他两年前回家来看过我，给我买下了我现在住的房子。当然，他从家里走的时候我们很伤心，但是我现在明白他那样做是有道理的。他知道自己有远大的前程，他发迹之后对我一直很大方。”

他拿着这张照片久久不愿放回去，又在我面前举着看了一会儿才宝贝似的放回到钱包里，一副依依不舍的样子，让人十分不忍。接着他在钱包里摸出来一本破破旧旧的小册子，书的页面已经泛黄了，叫《生仔卡西迪》。

“你看看，这本书是他小时候经常看的，真是从小就能看出他长大是什么样的人。”

他直接翻开书的封底，再倒过来递给我。这本的最后一页空白的地方，规规矩矩地写着三个大字“时间表”，还有一个日期：一九〇六年九月十二日。下面是内容：

起床 上午 6:00

哑铃体操及爬墙 6:15 — 6:30

学习电学等 7:15 — 8:15

工作 8:50 —下午 4:30

棒球及其他运动 下午 4:30 — 5:00

练习演说、仪态 5:00 — 6:00

学习有用的新发明 7:00 — 9:00

个人决心

不要浪费时间去沙夫特家或（另一姓，字迹不清）

不再吸烟或嚼烟

每隔一天洗澡

每周读有益的书或杂志一份

每周储蓄五元（涂去）三元

对父母更加体贴

“这本书还是我无意间发现的，”老人说，“是不是从小就能看出他很有出息？”

“真是从小就体现了大人物的样子。”我说。

“杰米命中注定要成为一个了不起的人，他对自己有很高的要求，总是定下一系列的条条框框来约束自己。你注意到他提高自己思想境界的方法是什么了吗？他对这些事总是很在行。我有一回吃东西的时候，杰米说我像是猪在进食，我当时还气恼地揍了他一顿。”

他舍不得把书合上，把每一条大声念了一遍，然后眼巴巴地看着我。我想他满以为我会把那张表抄下来给自己用。

将近三点的时候，来自弗勒兴区路德教会的牧师到了，我向窗户外边东张西望，看看还有其他的车辆来没有——对还会有人来参加葬礼的事情抱有一线希望。盖茨比的父亲也在往外看。随着时间的流逝，仆人也早早地在门厅里候着了，老人感到有些焦急，眼睛一眨一眨的，不安地说着外面怎么下起雨了。牧师也等得焦急了，不时地低头看表，我见状，只好把牧师带到一边说请他再多等半小时。可事实上，这都是没有意义的等待，因为根本没有人来。

五点钟左右，我们三辆车子行驶到了墓地，在密密的小雨中，在大门旁边停了下来——第一辆是灵车，又黑又湿，怪难看的，后面是盖兹先生、牧师和我，坐在大型轿车里，再后面一点的是四五个用人和西卵镇的邮差，坐在盖茨比的旅行车里，大家都淋透了。正当我们穿过大门要走进墓地的时候，我听见一辆车子的声音，然后果真出现了一辆汽车，也到墓地停了下来。接着身后就传来一个大呼小叫的声音，追着我们，我转过身一看，一个并不敏捷的身影朝着我们追了过来。是那个在盖茨比书房戴猫头鹰眼镜的人，我还记得当时他醉醺醺地一边看书一边惊叹的样子。

从那以后我没有再见过他。我不知道他怎么会知道今天安葬的，我也不知道他的姓名。雨水顺着他的厚眼镜流下来，他只好把眼镜摘下擦一擦，再看着那块挡雨的帆布从盖茨比的坟上卷起来。

这时，我很想再回忆一下盖茨比的事，但是他已经离我遥不可及了，我记得很清楚，黛西没有对盖茨比的死有任何表示，既没有送过花，也没有发来电报慰问，但是我并没有感到气愤。我模糊地听见有人低声祷告："愿雨中的逝者安息，愿上帝保佑！"紧接着那个戴猫头鹰眼镜的男人说了声："阿门！"声音洪亮，响彻这片大地。

我们零零落落地在雨中跑回到车子上。戴猫头鹰眼镜的人在大门口跟我说了一会儿话。

"我没能赶到别墅来。"他说。

"别人也都没能来。"

"真的！"他大吃一惊，"啊，我的上帝！他们过去一来就是好几百嘛。"

"他取下眼镜，反反复复地里外擦拭着。"

"生前光鲜亮丽，死后无人问津，这家伙真是可怜。"他说。

让我记忆犹新的事情之一就是，每年的圣诞节时分，我从预备学校或者是后来的大学回到我西部的家里。在十二月的晚上，六点钟左右的时候就会有一群想去外地的同学拥向那个古朴的联邦车站，我向住在芝加哥的那几个同学匆匆道别，看见他们也完全沉浸在了欢乐的节日气氛里。我记得那些从东部某某私立女校回来的女学生的皮大衣以及她们在严寒的空气中叽叽喳喳的笑语，记得我们发现熟人时的呼唤，记得互相比较收到的邀请："你到奥德威家去吗？赫西家呢？舒尔茨家呢？"还记得紧紧抓在我们戴了手套的手里的绿色的长条火车票。那里有停靠在月台旁的轨道上的黄色客运车辆，它运行的路线是芝加哥—密尔沃基—圣保罗途经的线路，也给人像是圣诞节一样的快乐。

在寒冬腊月里，火车一往无前地飞驰着，窗外的世界是一片雪白，那是属于我们每个人真实存在的白雪——透过窗外看向那茫茫的世界，车窗映照得雪花明亮白皙，反射出晶莹洁白的光芒，这道雪光随着火车的前行，一路蔓延至那未知的天际。威斯康星州的小车站暗灰的灯火从眼前掠过，这时空中突然出现一股使人神清气爽的寒气。我们吃过晚饭，穿过寒冷的走廊往回走时，一路深深地呼吸着这寒气，在奇异的一个小时中，难以言喻地意识到自己与这片乡土之间血肉相连的关系，然后我们就要重新不留痕迹地融化在其中了。

这里就是中西部我家乡的所在地——不是遍地麦田，不是苍茫草原，也不像瑞典移民过多的萧条村镇。这里是让我整个青年时期都为之激动不已的返乡火车，是寒冷刺骨的黑夜里的街道上的灯和雪橇会发出的叮当声，是圣诞节的时候，夜晚窗户里的灯光照耀在冬青花环上后反射在雪地上面的影子。我是其中的一部分，由于那些漫长的冬天我为人不免有点矜持，由于从小在卡罗威公馆长大，态度上也不免有点自满。在我们那个城市里，人家的住宅仍旧世世代代被称为某姓的公馆。我现在才明白这个故事到头来是一个西部的故事——汤姆和盖茨比、黛西、乔丹和我，我们都是西部人，也许我们具有什么共同的缺陷使我们无形中不能适应东部的生活。

虽然东部有让我高兴的时候，虽然我能敏锐地感觉到东部比起俄亥俄河那边的城镇——那边的城镇充满着苍白无味、混乱喧闹的气息，那片土地上流传着无休无止的谣言，在那里，大概只有老人和小孩才能不被卷入旋涡。东部和它比起来是有无与伦比的优越性的。可即便是这样，我依然不认同东部的一些东西，觉得荒谬、可笑，特别是我在夜间出现的虚幻的梦境里，是不是还会出现西卵的影子。在我的梦中，这个小镇[①]就像埃尔·格列柯[②]画的一幅夜景：上百所房屋，既平常又怪诞，蹲伏在阴沉沉的天空和黯淡无光的月亮之下。在前景里有四个板着面孔、身穿大礼服的男人沿人行道走着，抬着一副担架，上面躺着一个喝醉酒的女人，身上穿着一件白色的晚礼服。她一只手耷拉在一边，闪耀着珠宝的寒光。他们庄严肃穆地抬着她走进一座房子，却进错了地方。没有人知道她是谁，也没有人对她的事感兴趣。

盖茨比走了，他死后，我对东部重新有了印象，什么繁华的

---

①指西卵镇。

②埃尔·格列柯（El Greco，约1541—1614），西班牙画家。作品多用宗教题材，并用阴冷色调渲染超现实的气氛。

城市，什么明媚的街道都不复存在，东部在我眼里，就是一片鬼魅的聚居地。我眼睛的那一点矫正的能力，已经不能够支撑我看清它的真面目是什么，所以当空中弥漫着枯枝败叶烧毁后的蓝色烟雾时，在寒冷的冬风把晾在绳子上的衣服吹得发硬时，我知道我该离开了，是时候回家了。

在我离开之前还有一件事要办，一件尴尬的、不愉快的事，本来也许应当不了了之的，但是我希望把事情收拾干净，而不指望那个乐于帮忙而又不动感情的大海来把我的垃圾冲掉。我去见了乔丹·贝克，从头到尾谈了围绕着我们两人之间发生的事情，然后谈到我后来的遭遇，而她躺在一张大椅子里听着，一动也不动。

她穿着一身运动装，是那套打高尔夫球的装备，挺像一幅好看的插画。我记得当时她面对我的样子——她下巴微微上扬，带着一股英气，她头发的颜色很好看，像秋天的落叶一般，她膝盖上面放了一双手套，浅棕色的不覆盖手指的手套，她的脸也是和手套差不多的颜色。我来这里有一会儿了，在我把我想说的都说完了以后，她只对我说了一句话，就是她已经和人订婚了，我当时心里有些不太相信。虽然我知道她要是想的话，立马就有几个人可以和她结婚，她应该没必要仓促订婚，但我还是配合地露出一副惊讶的表情。在那个瞬间，我心里在想，我是不是做了一件错误的事情，但我也只不过是稍微地思考了一下，就起身准备离开了。

“不管怎样，还是你甩掉我的，”乔丹忽然说，“你那天在电话里把我甩了。我现在拿你完全不当回事了，但是当时你让我手足无措，有好一阵子我感到晕头转向的。”

我们俩握了握手。

“哦，你还记得吗，”她又加了一句，“我们有过一次关于开车的谈话？”

“啊……记不太清了。”

“你之前说过，一个开车不小心的人，在碰到另一辆车之前都是安全的，对吧？你看，我现在就是碰上了一个不小心的人，是这样吗？我是说我不小心碰上了你，是我瞎了眼，我以为你是一个老实又正直的人，并且觉得你也对自己的这种品质引以为傲呢。”

“我三十岁了，”我说，“要是我年轻五岁，也许我还可以欺骗自己，说这样做光明正大。”

她没有再对我说什么。我心里暗自生气，我还对她有一些喜欢，所以我感到很伤心，就起身独自离开了。

在十月下旬的一个下午，我遇到了汤姆·布坎农。我们走在五号路上，他在我前面走着，还是那样的警觉和盛气凌人的样子，两手微微离开他的身体，仿佛要打退对方的碰撞一样，同时把头忽左忽右地转动，配合他那双溜溜转的眼睛。我正要放慢脚步以免赶上他，他停了下来，皱着眉头向一家珠宝店的橱窗里看。忽然间，他看见了我，就往回走并伸出手来。

“怎么啦，尼克？你不愿意跟我握手吗？”

“没错。你知道我对你的印象。”

“你疯魔了？尼克，”他急忙说，“你真是疯魔得厉害，你到底怎么了？”

“汤姆·布坎农，”我盯着他问道，“那天下午你和威尔逊待在一起，你对他说了什么？”

他一言不发地瞪着我，于是我知道我当时对于不明底细的那几个小时的猜测果然是对了。我掉头就走，可是他紧跟上一步，抓住了我的胳臂。

“我只是说出了真话，”他说，“我们当时正在收拾行李，准备出门的时候，他已经到我家大门口了，仆人来告诉我有一个叫威尔逊的人找我，我还特地交代仆人不要说我在家。谁料到他准备直接闯进来。像个疯子一样，我毫不怀疑要是我不告诉他是谁的话，他可能会杀了我。因为他口袋里有枪，一只手紧紧揣进口袋里面握着的……”他突然停住了，态度强硬起来，“就算我告诉他又该怎样？那家伙自己找死。他把你迷惑了，就像他迷惑了黛西一样，其实他是个心肠狠毒的家伙。他撞死了末特尔就像撞死了一条狗一样，连车子都不停一下。”

我想说什么但又说不出来，我唯一能解释的就是那个车祸的真相，可我不能说。

“你以为我就不难受吗，你不知道我去城里退掉那套公寓的时候，那盒倒霉的狗饼干还放在那里，就在那个餐具柜子上面放着。我当时就忍不住了，坐在地上哭得像个小孩一样，伤心了很久。上帝啊，我实在是太难受了……”

我不能宽恕他，也不能喜欢他，但是我看到，他所做的事情在他自己看来完全是有理的。一切都是粗心大意、混乱不堪的。汤姆和黛西，他们是粗心大意的人——他们砸碎了东西，毁灭了人，然后就在财富里躲起来，或者冷漠地躲在其他什么之中，总之就是一切能够让他们无动于衷、安稳的东西里，而留下别人为他们犯下的错擦屁股。

我还是和他握了握手，我不握手的话就显得我孩子气了。因此我突然生出一种感觉，他就好像一个没长大的小孩子。然后他进入了一家珠宝商店，买了一串不知道是珍珠项链还是一副袖口的东西，但是他也终于不用再听我这个乡下来的人对他呵斥、指责了。

我离开的时候，盖茨比的房子仍旧空着——他草坪上的草长得跟我一样高了。镇上有一个出租汽车司机载了客人经过大门口没有一次不把车子停一下，用手向里面指指点点。也许出事的那天夜里开车送黛西和盖茨比到东卵的就是他，也许他已经编造了一个别出心裁的离奇的故事。我不打算听他的胡编乱造，所以我下火车都会有意地躲开他。

我在每个星期六的晚上，都会去纽约城里待着，因为我忘不了盖茨比家举行的宴会，那些灯光炫目、通宵辉煌的宴会，总是在我闲下来的时候钻进我的四肢里，我好像还能听见他花园里传来的微弱音乐声和客人们的嬉笑声，还能看见在他车道上连绵不绝的汽车。有一晚我确实听见那儿真的有一辆汽车，看见车灯照在门口的台阶上，但是我并没去调查。大概是最后一位客人，刚从天涯海角归来，还不知道宴会早已收场了。

在最后那个晚上，箱子已经装好，车子也卖给了杂货店老板，我走过去再看一眼那座庞大的、杂乱的房子，它代表着失败。我看见门前的白色大理石台阶上不知道被哪个好事的大男孩，写了一个显眼的脏字，在夜晚月光的照耀下十分瞩目。我用鞋子把它擦掉，在石头上磨得嘎吱响。接下来我又最后一次去了海边，我躺在沙滩上，仰望着星空。

那些海滨大别墅那时大多已经关闭了，四周几乎没有灯火，除了海湾上一只渡船上昏暗、移动的灯光。当明月上升的时候，那些微不足道的房屋在慢慢消逝，直到我逐渐意识到当年因为荷兰水手的眼睛放出异彩的这个古岛——是新世界的一片清新碧绿的地方。那曾经存在、现在已经没有了的树木——因为盖茨比建造别墅，所以都砍伐了——也曾被风吹过，发出沙沙声响，仿佛是在对人类最后的也是最伟大的梦想做出回应。在那昙花一现奇妙的瞬间，人类对新大陆的出现一定会按捺不住心中的惊叹，阴差阳错地陷入一种他理解不了，也不渴求的美学之境，在古往今来的漫漫历史上，最后看一次这让他为之惊叹的奇观。

当我坐在那里缅怀那个古老的、未知的世界时，我也想到了盖茨比第一次认出黛西的码头尽头的那盏绿灯时所感到的惊奇。他经历了漫长的道路，才来到这片蓝色的草坪上，他的梦一定似乎近在眼前，他完全没有抓不住的理由。但他不知道的是，他的梦已经遗失在了身后，不知道遗失在了这座城堡里的哪一处模糊混沌的地方。在茫茫夜色的笼罩下，合众国那黑沉沉的田野向着前方没有尽头地蔓延着。

盖茨比信奉这盏绿灯，这个一年一年在我们眼前渐渐远去的极乐的未来。它从前逃脱了我们的追求，不过那没关系——明天我们跑得更快一点，把胳膊伸得更远一点……总有一天……

于是，我们拼尽全力向前划着这只小舟，逆流奋勇而上，却不断地被推着倒退，进入往昔。

点评：

我们每个人都如黛西，精打细算，择优而已；我们每个人都如尼克，心在局中，身在其外；我们又像是汤姆，骄傲自大，目中无人，但唯独我们不像盖茨比。你一定见过清晨阳光破晓，或者黄昏晚霞漫天，而日月交替的朦胧却是没有人理会的。正巧，他就属于那一片朦胧，正挣扎着划开混沌，他失败了，沉寂了，也就没有人在意了，而他留下的一些东西——或者可以说叫精神，就是他了不起的地方。

冬天的梦

第一章　第一次邂逅

高尔夫球场是一个起点，在家庭本就富裕的情况下，德克斯特做球童不为生计，只为赚零花钱。也是在这个球场，一个叫琼斯的女孩让他做出了辞掉工作的决定，而褪除去“最好的高尔夫球童”的身份，冬天的梦开始发芽了。

尽管有的高尔夫球童家里一贫如洗，住在只有一个房间的屋子里，前院有一头可怜的奶牛，但是德克斯特·格林的父亲拥有黑熊村一带第二好的杂货店。最好的杂货店叫作“中心”，谢利岛的有钱人经常光顾。德克斯特做球童只为了赚零花钱。

入秋之后的天气变干冷了，连天空都阴云滚滚，天色昏暗。这是宣告着明尼苏达①漫漫冬季的降临——白雪像是给大地扣上了一个盖子，德克斯特的滑雪板在滑过被皑皑白雪覆盖的高尔夫球场时，像是飞了起来一样。而这个时候，每当他路过那里，总会惆怅不已。让他不快的是高尔夫球场被强制处于休闲状态，在这漫长的季节里被羽毛蓬乱的麻雀们盘踞着，同样沉闷异常的是夏天高尔夫球座上翻飞着的欢乐色彩，而现在只剩被埋在结实的冰面里的寂寞的沙箱。他在雪上迈着沉重的步子前进，穿过山丘时刺骨的冷风刮个不停；如果遇上的是晴天，他就会眯缝着眼睛，和那高悬在天空上的万道金光抗衡，索性就慢慢地步行。

四月初始，也就意味着冬季结束了，戛然而止地结束，人们都还来不及反应。积雪融化后都流进了黑熊湖，那些早

---

①美国内地七州之一，首府为圣保罗。

在季节之前，带着红球和黑球打高尔夫的人，也没能幸运地看到这幅盛景。没有得意与喜悦，没有湿润的景致，寒冷便悄然退去了。

德克斯特知道这北地的春天有些许凄凉，就像他知道秋天有一些非同寻常。秋天使得他握紧双手，激动地颤抖，对自己重复着些傻话，忽然用敏捷的动作指挥想象的观众和军队。十月让他充满希望，十一月这种希望更是变成了克制不住的兴奋。他心情的转变，也让他在谢利岛夏季易逝的光景里如鱼得水。在这个季节里，他脑海里勾勒着自己是一名高尔夫球冠军，在万众瞩目的比赛中精彩地击败了T.A.赫德里克先生。这场比赛的细节，他在脑海里反复锤炼、想象了数百次——有时状态不佳，但他反败为胜，追上了比分；有时如有神助，不费吹灰之力就能打赢比赛。他想象自己像蒙蒂莫·琼斯先生一样，再一次踏出“皮尔斯-银箭”轿车，冷淡而悠闲地走进谢利岛高尔夫俱乐部的休息室，又或者在仰慕的人群的注目之下，从俱乐部船上的跳板起跳，完成一次精彩的跳水……而蒙蒂莫·琼斯先生也在那群惊讶得合不拢嘴的人之中。

而且真的有一天，琼斯先生——是真人的到来，不是幻想的假象——声情并茂地来找德克斯特，夸赞他是俱乐部里最好的球童。这一切就只有一个目的——假如他拿出让人满意的报酬，能不能让德克斯特不要辞职，继续留下来工作。因为俱乐部的其他球童远没有德克斯特优秀，他们通常伺候他打一场球，会丢一二十个球——次次如此。

“不，先生，”德克斯特果断地回答，“我不想再做球童了。”短暂的沉默之后，他说，“我年龄也不小了。”

“你还不到十四岁！怎么今早就忽然决定不干了呢？你还答应了下周要过来跟我一起参加全州[①]锦标赛。”

“我觉得我的年龄不适合再做球童了，太大了。”

德克斯特把自己得来的荣誉——一等奖章，交还给了俱乐部，又在球童主管那里领走了自己应得的酬金，然后毅然决然地回到了黑熊村的家。

“他是我见过的最优秀的球童了。”下午，蒙蒂莫·琼斯先生端着一杯酒带着遗憾又很欣赏地说。

“他很刻苦、勤奋、聪明，从来不丢一个球，最重要的是，他还有一颗感恩的心。”

使这一切发生的小女孩只有 11 岁，现在的模样尽管可爱但还有点丑，她像那些注定几年后出落得明艳可爱、美丽得不可方物的小女孩一样，将来会给许多男人带来无尽的痛苦。然而现在，她的美貌已经初见端倪。她笑起来的时候嘴角略微朝下弯，给人以邪恶的感觉，她眼里流转着脉脉柔情，好似一汪春水。哦，实在是造物主的杰作，这种女人很早就给人与众不同的感受，身体里散发着青春的活力，如今已经初见端倪，现在她小小的身体里在无形中焕发着动人的气息。

她一早就来了。在九点的时候就和一位身穿白色亚麻衣服的保姆来到这里——高尔夫球场。保姆背着一个白色帆布袋子，里面装着五支崭新的高尔夫球杆，她在旁边小心地跟着。那时德克斯特第一次见到她，她站在保姆旁边有点局促不安，为了掩饰这种不安，她和保姆不停地说着话，借此不让别人看出来，还不时摆出奇妙的表情。

---

①指明尼苏达州。

“今天天气真好呢，希尔达。”德克斯特听见了她说的话。她嘴角浅浅向下，露出一个微笑。她暗自打量四周，双眼在德克斯特身上停留了一瞬。

然后转向保姆说：

“那么，我猜今早这儿不会有太多人来打球，是吗？”

她又一次露出了一抹浅笑，虽然是故意表现出来的笑，但是依然无比迷人。

“我们下面该干什么呢？我也不知道。”保姆这样说，但眼睛并没有茫然无措地到处看的样子。

“哦，没关系。我自己能解决的。”

德克斯特嘴微张着，站得纹丝不动。他知道如果上前一步，他直直的眼神便会落进她的视线里，如果退后，就无法看到她的脸了。有那么一瞬间，他没意识到她才多小。现在他记起来去年见过她好几次——那时候她穿着灯笼裤。

忽然，他不由自主地笑了起来，没有任何缘由地就笑了，很是突兀。他意识到后，被自己的神经质吓了一跳，于是连忙转身，快速地离开了这个位置。

“嘿，球童！”

德克斯特停下脚步。

“你是球童，对吧！”

毫无疑问，她跟他说话了。不只是那样，他被那个奇怪的微笑所俘获——那个荒谬至极的微笑，至少数十个男人会把那个笑容短暂的回忆带至他们的中年时代。

“球童，你知道高尔夫教练在哪儿吗？”

“他还在上课。”

“哦，这样啊。那球童主管呢，你知道在哪儿吗？”

“我今天早上还没见过他。”

“噢！”这个答案让她迟疑了，她没事可做地站着，左脚、右脚轮流换着支撑身体。

“我们想找一个球童，”保姆说，“琼斯夫人让我们出来打高尔夫球，可是没有球童的话我们恐怕不知道该怎么办。”

保姆停住了，因为琼斯小姐瞥来不善的目光，虽然紧接着她露出了微笑。

“这里就只有我一个球童，没有其他的球童了。”德克斯特对保姆说，“这里现在是我负责的，直到球童主管过来重新安排。”

“噢。”

此时，琼斯小姐和保姆走开了，离德克斯特的距离比较远。两人本来还好好地说话，忽然间就开始吵起来了。琼斯小姐手里拿着一根球杆，猛地一下打在地面上，或许她还觉得不够解气，再次举起球杆向着保姆胸前挥去，还好这个时候保姆伸手抓住了球杆。

“你这烦人的老家伙，该死！”琼斯小姐气急败坏地大吼道。

紧接着又发生了一场争吵。觉察到眼前这一幕的喜剧成分之后，德克斯特好几次要发笑，但每次都在笑出声之前忍住了。他竟然产生了难以置信的认同，觉得这个小女孩打保姆有着充分的理由。

主管恰好出现，看到这一幕后及时地平息了争端。保姆也立马对主管说：

“琼斯小姐没有球童，她需要一个。但是眼前的那位说他不能擅自离开那儿。”

“麦肯纳先生叫我在这里一直等到你来为止。”德克斯特急忙解释道。

“好了，他现在已经来了。”琼斯小姐朝球童主管开心地笑道。接着她扔下她的球杆袋，傲慢地朝着第一个球座走去。

“哦？”球童主管转向德克斯特，“你还像个傻瓜一样站在这儿干吗？还不去把那位年轻女士的球杆袋子捡起来？”

“我今天对球场没有兴趣，不想去。”德克斯特淡定地说。

“不想去？……”

“嗯，我不想干了，我决定了。”

这个突然做出的决定让他自己都不敢相信。因为他可是俱乐部目前最炙手可热的球童，而他想挣到三十美元，在夏天湖区也没有别的地方比这儿更好了。但是他受到了巨大的情感的惊吓，他混乱不安的情绪需要立刻猛烈地宣泄出来。

这绝对没有那么简单。正像将来会无数次发生的那样，德克斯特无意识地被他冬天的梦支配着。

第二章　再次相遇

德克斯特的特立独行为他后来的成功起了很大的助力，他怀抱着冬天的梦，拒绝了名校的进修名额，头脑与眼力并存，在投资上取得了成功。与此同时，高尔夫球场与他结下了不解之缘，他又一次邂逅了那个女孩。

到了现在，冬天的梦有了变化，细节和季节都和以前有所不同，但是它的大致轮廓还是和以前一样。几年后，因为冬天的梦驱使他拒绝了州立大学的商业课程——他父亲生意做得不错，家境富裕，父亲也愿意花这钱送他去。拒绝后，他选择了一所东部有着悠久历史的学校，而他来到这里经常处于囊中羞涩的状态。但是我们别形成那种印象，因为他冬天的梦最初碰巧与他接触到关于富人的思考有关，那仅仅是男孩的势利眼。他并不想与那些闪闪发光的事物和人熟识，他想要的只是那些闪闪发光的东西本身。通常他只追求最好的事物，却不知道他想要他们的原因，不过他有时候会不明所以地拼命克制自己，压制自己的念想，生活中就是有这么多难以理解的事——一面想要，一面控制。总的来说，这个故事讲述的是他自我控制中的一个，而不是讲的他的事业如何。

非常出人意料，他赚到了钱。毕业之后他来到了被黑熊湖吸引的富有的赞助者们所在的城市。当他仅仅 23 岁，到那儿还不到两年的时候已经有人常说："现在这儿有一个年轻人……"他周围有钱人的儿子们有的瞄准机会买卖股票，有的投资祖产，有的埋头于二十四卷的"乔治·华盛顿商业课程"的学习，而德克斯特却用他的学位加上自己不懈的说服力，成功借到了一千美元并以此自信地买了一家洗衣店的股份。

那家洗衣店他刚买的时候还很小，但是德克斯特运用他在英国人那里学习的洗涤羊毛高尔夫球袜不缩水的方法，把它活学活用，作为了店铺的招牌，后面他接到了一笔为高尔夫球衣洗涤一年的生意。男人们坚持把他们的长袜和毛衣送到德克斯特的洗衣店，就像过去人们坚持能找到高尔夫球的球童一样。不久，德克斯特也接手了这些男人的妻子的内衣的洗衣生意。德克斯特在城里不同地方同时经营着五家洗衣店。还不到二十七岁，他的连锁洗衣店规模就做到了全国最大。然后他卖掉了他的所有洗衣店前往纽约。我们要关注的那段故事就是发生在他第一次事业成功之前。

在他二十三岁的时候，那群常说“这里有一个年轻人不简单”的老人中的哈特先生，他给了德克斯特一张谢利岛①高尔夫球俱乐部星期天的贵宾卡。终于有一天，他、哈特先生、桑德伍德先生还有T.A.赫德里克先生，四个人相约去打高尔夫，他也第一次在登记本上写下了名字。他不认为有必要说出他曾在同样的球场上为哈特先生背过球杆包，他闭着眼睛都清楚地知道每个陷阱和水沟的位置，但是他发觉自己在看着跟在他们身后的四个球童，试图从他们身上捕捉到一些瞬间或者动作，以便让他想起自己，填平些许过去与现在的鸿沟。

那是奇怪的一天，他奇怪自己好像在哪里见过这种场景，产生了一种自己是侵略者的感受。但接下来又收起心思，随即对比T.A.赫德里克先生，他产生了剧烈的优越感，因为T.A.赫德里克先生不仅为人没有趣味，而且连高尔夫球都打不好。

接下来，由于哈特先生在第十五轻击区丢失了一个球，一件大事发生了。当他们在障碍区中的深草区草茎间寻找球的时候，一声清楚的“前面注意”的叫声从他们身后的山坡传来。正当他们停止找球突然转身的时候，一个簇新的球飞过山坡，正中T.A.赫德里克先生的肚子。

“我的天！”T.A.赫德里克先生大叫道，“这些疯女人真不应该来球场，她们太没有规矩了。”

---

①位于哈特勒斯岛著名冲浪地点“开普角”附近。

山坡上出现了一个脑袋，声音在那边传了过来。

“麻烦让我们借过一下，可以吗？”

“我的肚子被你打到了。”T.A. 赫德里克先生一脸气愤地说。

“是吗？”女孩儿走近这群男人，“非常抱歉，我刚才叫‘前方注意’了”

她的目光不经意地落在这几个男人身上——然后观察着属于她的球的平坦球路。

“我是不是跑到障碍区了？”

实在无法确定这个问题是出于天真还是带有恶意。然而接下来她消除了一切疑问，因为她的朋友也爬上了山坡，她兴高采烈地朝他说：

“在这儿呢！要是我没有打到什么东西的话，我的球已经进到洞区了。”

她摆出一个击球的姿势，准备来一次短击。德克斯特也借此仔细打量着她。她穿了一件蓝色条纹图案的裙子，衣领和衣袖有一层白边点缀，她那深色的皮肤和白色形成强烈的对比。她身上没有了十一岁时的影子，眼波流转的神情和微微浅笑那显得奇怪又做作的表情已经不存在了，现在的她出落得美艳动人。她脸颊上晕开的颜色像画中的一样——不是鲜艳的颜色，而是起伏不定的发热的结果，那么难以捕捉，以至看上去随时都要消退不见了。这样的脸色和她翕[1]的嘴唇产生了一种连续的印象——不断地变化、强烈的生命以及充满热情的活力，这种印象仅仅部分被她眼中华丽的忧伤所调和。

---

①嘴唇、鼻翼等一张一合地动。

她迫切而懒散地击出球杆，球在天空划过完美的弧线，完美地错过了洞口所在区，掉落在那边的沙坑上。她向我们虚伪地笑着，道了一声场面话“谢啦”，然后追球去了。

我们一行人因为在等她打出那个球，活动也就被暂停了一会儿。“这个朱迪·琼斯哼！”赫德里克站在下一个发球的地方说，“对付她就应该像对付小孩那样打屁股，揍她六个月再把她嫁给老派的骑兵连队长。”

“天啊，她长得真好看！”桑德伍德先生说，他刚刚年过三十。

“好看？”赫德里克先生不屑地说，“她看上去总是一副想被人亲吻的样子！转着她那母牛一样的眼睛打着城里每头小牛的主意。”

不知道赫德里克先生是不是在暗指母性直觉。

“她要是认真地打高尔夫的话，还是会打得不错。”桑德伍德先生说着。

“她的身材不适合打高尔夫，”赫德里克先生反驳道。

“她的身材刚刚好。”桑德伍德先生笑着说。

“上帝保佑，她打的是短球。”哈特先生开口说，还对德克斯特眨了眨眼。

傍晚太阳伴随着狂乱的金色旋涡和深浅不一的蓝色与猩红落下，留下干燥、满是沙沙风声的西部夏季的夜晚。德克斯特从俱乐部走廊放眼望去，微风中湖面上均匀的涟漪相互交叠着，这时候是夏季满月时分，湖面上像是铺了一层白色的蜜糖。月亮在九天之上号令着自然万象，说要变得安静，然后湖面就洁白如明镜，一片幽静。德克斯特穿着一整套泳衣，向着最远的一个码头游过去，上岸后，他平躺下来，任由水珠滑落在跳板上的湿帆布上。

一条鱼从湖中跃起，一颗明亮的星星孤独地闪耀着，湖水四周灯火微明。钢琴声从漆黑的半岛上传来，演奏着去年夏天以及之前每个夏天演奏过的旋律——《祝酒歌》《卢森堡伯爵》和《巧克力士兵》。由于钢琴声越过水面传来，在静静躺着的德克斯特听来，这一如既往的优美。

又一首曲子传入他的耳中，马上勾起了他的回忆，这首记忆犹新的曲子还是五年前他正在上大二的时候流行的。有一次，学校一场奢华的舞会演奏了这首曲子，他由于囊中羞涩没有多余的钱支付参加舞会的费用，就静静地在体育馆外听着。这首曲子让他产生一种飘然的狂喜，而他正带着那种飘然的喜悦审视着现在发生在自己身上的一切。那是一种强烈欣赏的心情，一种也许不会再有的感觉：一度他生活得如鱼得水，身边的一切都散发着明亮的光彩和魅力。

一个长长的黑影突然从黑暗中冒出来，随之而来的还有轰鸣的声响。凭借着对这声音的判断，德克斯特知道了——这是一艘比赛用的汽艇。汽艇在湖面中划开两片巨浪向着他驶来。美妙的琴声消失了，取而代之的是汽艇不断的轰鸣声。德克斯特站了起来，只见水域的那边，一双漆黑的眸子隔湖相望，直直地盯着自己。随后汽艇开走了，在湖中心毫无目的地画着一个又一个巨大的圆圈。同样古怪的是，在画着一个圈的时候，汽艇忽然转头朝着小船开来。

“你是谁？”她一边关掉汽艇一边说。她现在站得如此近，德克斯特能看到她的泳衣，显然是一件粉色的连体泳衣。

汽艇没有分寸地碰到了德克斯特的小船，船倾斜了一下，他向着她的方向倒了过去。虽然两个人来这儿的目的不尽相同，但是现在，他们都认出了眼前的人是谁。

“你是今天下午和他们一起打球的人吧？”她问。

他说：“没错。”

“那你会驾驶汽艇吗？如果可以的话我想让你来开，这样我就能玩冲浪板了。对了，顺便说一句，我的名字叫朱迪·琼斯。”她朝他露出一个莫名的得意的微笑，一个刻意的得意扬扬的笑——她的嘴唇弯成平时一贯的弧度，没有分毫古怪，只有美丽。“我住在那边岛上的一栋房子里，房子里有个男人正在等我。他开车到门口的时候我开着汽艇离开了码头，因为他说我是她理想中的女人。”

这时，一条鱼从湖面跃起，一颗耀眼的星星光芒四射，湖水周围的灯光变得闪烁不断。德克斯特在朱迪·琼斯旁边坐下，听她讲解怎么驾驶汽艇。说完后她扑通一下钻进了水里，像一条灵活的美人鱼向着冲浪板游去。看着她就像看着树枝在随风摇摆，海鸥在空中翱翔，轻松惬意。她的胳膊被晒成浅棕色，在沉闷的银亮的涟漪中柔美地移动着，手肘最先出现，伴随着湖水溅落的声音，前臂朝后划去，随后露出水面又沉下，朝前划出一条水路来。

他们朝湖里出发，转弯的时候德克斯特看见她跪在朝上倾斜的冲浪板较低的一端。

“再快一点，”她兴奋地大叫，“全力前进。”

他麻溜地把调速杆推到最大挡位，艇后激起了大片浪花。他打量着四周的水面，最后看向了站在冲浪板上的女孩，她正直直地站着，手臂张开，望着月亮。

“这里好冷啊！”她说，“还不知道你的名字呢？”

他说了自己的名字。

“明天晚上来我家吃饭，你能参加吗？”

他的心飞速地翻转着，像是汽艇的飞轮一样。并且，第二次，她的临时起意给他的人生指出了新方向。

第三章　约会

长相出众的女子身边总不乏追求者，德克斯特从那些追求的人中脱颖而出，他凭借的是什么？两人从相识到相爱，似乎一切就这么水到渠成，不少人羡慕那种一眼定终身的爱情，而德克斯特和琼斯之间就近似这样的爱情，但他们之间又不是真正的爱情。

次日晚上，德克斯特到达了她住的地方，静静等着她下楼。他仿佛看见了一些追求朱迪·琼斯的男人，他们待在这个祥和安宁的夏季房间里以及玻璃房顶的走廊上。他对这群人见怪不怪——第一次上大学时，他见识过这种类型的人。他们来自有名的预科学校，衣着光鲜，皮肤被夏日晒黑。他直觉地认为自己比他们优秀——他更年轻，更强。他希望自己的孩子像他们一样，即是承认他自己像那些人的父辈一样彪悍而坚强。

后来他真的有所成就了，穿上了高级服装，他了解整个美国最好的高级服装店在哪里，那天晚上他身上穿的华丽服装就是来自那家。他现在言行举止是一种稳健、风雅的样子，这是他所在的大学里独有的东西，也是一个能很好地对其他大学出来的人做出区分的特质。他意识到那种风格对自己的价值的影响并全盘接受，他明白不在意衣着和举止比起在意这些更需要自信。他的孩子将会拥有那种“不在意”，但是他的母亲科尔斯丽奇来自波希米亚农民阶层，终其一生都说着蹩脚的英语，她的儿子必须跟随既定模式。

刚过七点，朱迪·琼斯穿着一件蓝色的丝绸便装，慢条斯理地从楼上下来。德克斯特有些小失望，没有预想中的惊艳出场。她对他简单问候之后，走向厨房对里面人说：“玛莎，可以上菜了。”他心中的失望更甚了。他想象中的应该有一个男管家来招呼用餐事宜，会在饭前端上一杯鸡尾酒。而在他们俩坐在客厅沙发上时，他的这些想法都烟消云散了。

“我父亲和母亲不会来。”她若有所思地说。

他记得上次见过她父亲，他非常高兴她父母今晚不在——他们很可能会好奇自己是谁。他出生在基柏，一个明尼苏达村庄五十里以北的城镇。他总对别人说基柏是自己的家乡，而不是黑熊村。那个偏远的乡村小镇，如果不会被当作旅游胜地的话，那么用来作为自己的家乡也是一件坦坦荡荡的事。

他们聊得很开心，说到他的大学，她表示最近两年经常去那所学校。说到谢丽岛的游人，他们一致认为是来自附近的那座城市。德克斯特的洗衣店就在那座城里，今晚过去后他又该回到工作上了。

用餐的时候她陷入了一种郁闷的情绪，德克斯特感到有些担心。她沙哑的声音发出的一切不快的情绪都使他忧心忡忡。无论她朝着什么微笑——他，盘子里的鸡肝，或者什么也没有——她的微笑里毫无欢乐甚至消遣可言，这使他不安。当她血红的嘴唇在嘴角往下弯时，与其说是在微笑，不如说是在等待一个吻。

用餐结束之后，她带他来到了玻璃房顶的走廊，那里灯光没那么明亮，正好可以借此缓和一下紧张的气氛。

“我心情有点不好，希望没有影响到你。”她说。

“我也有一定的原因，抱歉。”他马上回应道。

“不是你的原因。你人很好，只是我今天下午伤心极了。我喜欢的一个人，他今天下午突然对我说他是一个什么都没有的穷光蛋，我听见这个消息简直不敢相信。要知道，他之前一直没透露过一点消息。这听起来很不可思议吧！”

“他可能是不敢说吧！”

“就当他是吧，”她回答，“他一开始就错了。如果我想过他很穷……我也对很多没钱的人着迷过，一心想着嫁给他们。但这次不同，我从来没像那样想过他，我对他的爱远不足以支持我从这个巨大的震惊中缓过神来。如果一个女孩儿冷静地告知她的未婚夫自己是寡妇，他或许便不会拒绝一个寡妇，但是……”

“我们光明正大地说吧！”她忽然停下，不说她的那段故事了，“你究竟是什么人？”

德克斯心中犹豫了一阵，然后正儿八经地说：

“我现在只是个很普通的人，我做的事要等到将来才能成功。”

“你贫穷吗？”

“不，”他坦然地说，“我可能是西北地区这个年纪的人里赚钱最多的。我知道这么说让人不大愉快，但是你示意让我光明正大地说。”

他们没有再说话，就这样沉默着，安静地待着，她笑了，嘴角微微动作，十分迷人。她不动声色地向他身边靠近，她仰着头注视着她，目光如水。德克斯特心跳加速，屏住呼吸，静静等待那个美妙的时刻——他们双唇将会轻轻碰撞在一起，然后贴合在一起，产生一种玄妙莫测的化学反应。接着美妙成为现实，他感受到她用吻把激动的心情恣意而深沉地传递给了自己，但她的吻是满足的吻，而非承诺的吻。这样的吻非但没能重新唤起他的渴望，反而让他继续变本加厉地索求……这样的吻就像做慈善，毫无保留地给予从而创造需要。

得到朱迪不是他经过深思熟虑后得出来的答案。他对朱迪·琼斯的觊觎由来已久，在他还带着自尊、心中有了些许志向的少年时就已经认定。

第四章　迷失自我

世界上最让人悲哀的爱无非是，一个人为了爱而奋不顾身，但被爱的那个人却没有真正想与之相爱相守。德克斯特陷入的就是这样一个自以为是爱情的爱情里，为了他那冬天的梦，忍受着痛苦。

于是就这样开始了，他们以一种特定的基调维持着这种感受，虽然两人的亲近程度会有高低起伏，但他们还是这样维系着，一直到故事的最后。德克斯特是第一次和这样类型的女人接触——无所顾忌、为所欲为的女人，他很快就拜倒在她的石榴裙下。只要是朱迪想要的，她便会施展她所有的魅力去争取。方法没有任何不同，不会为了效果而事先预谋，不会为了地位而使用诡计。她只是简单地让男人们察觉到她最大限度的美丽。她的风流韵事很少与头脑有关。德克斯特并不想改变她。她充满热情的活力能净化她的缺陷，使他们的存在变得不那么重要了——这种活力掩盖了她的缺点。

那个晚上是他们第一次约会，朱迪靠在她的肩上，轻声细语地说："不知道为什么，很奇怪的感觉，昨天晚上我明明还感觉我是有喜欢的人的，但是现在我却喜欢上你了。"这话在德克斯特心中翻腾起无边的涟漪，女孩的情话是最让人没有抵抗力的，特别还是这样一个美丽的且自己喜欢的女孩。他努力克制自己，保持理性，保持镇定。可是一周之后，他被迫在不同的灯光下目睹了同样的情形。她开着敞篷跑车带他参加一个野餐晚会，晚餐之后她和她的敞篷跑车不见了，车里还有另外一个男人。德克斯特开始坐立不安，几乎不能对在场的其他人维持体面的礼节。当她向他保证说她没有吻那个男人的时候他知道她在说谎，但是他为她为了照顾自己感受而说谎感到高兴。

夏季快要结束了，他已经看得很清楚，他不过是围绕在她身边的十二个追求者中的一个。这群人，每一个人都曾享受过她的特别招待，到现在大概有一半多的人还和她保持着若有若无的暧昧，然后继续在那个美人编制的温柔梦里沉醉着。而当她的追求者被冷落得想放弃的时候，她就赐予他短暂的甜蜜时光，这种鼓励使得他继续追求她一年或者更长的时间。朱迪毫无恶意地掠夺着这些无助的失败者。事实上，一半人都没有意识到她所做的一切里含着什么样的恶意。

一旦有新来到城里的人，每个人就都被迫退出了竞争——约会都自动取消了。

遇到这种情况，谁都拿她没办法，她是这场游戏里的主宰，她拥有绝对的权利。情场里的手段对她毫无用处，她对甜言蜜语免疫，她从始至终都有自己的想法，谁也动摇不了她。要是逼她的话，那也毫无作用，她的美貌就是万能的解药，没有男人有抵抗的意志，最后反而会变成她的奴隶。只有自己的欲望得到满足，或者成功地施展了自己的魅力，她才感到心满意足。或许正是因为小心翼翼地经历了如此多年轻的爱情和年轻的情人，她才从中得到了充分的给养。

德克斯特在第一次极度的喜悦之后，紧接着的便是焦虑不安和无法满足。他在她身上迷失了自我，他每天都想着她，被她迷得神魂颠倒。好在他在工作的时候没有继续胡思乱想，事业是他的资本，他能明确地自我约束。在他们感情刚开始那阵，两个人亲密得形影不离——那个八月，一连三天他和她待在她家的玻璃房顶的走廊上。从日落到夜深，他们紧紧相拥、亲吻，在亭边围栏、在昏暗的墙角，沉迷其中而不可自拔。这一切看着有些离奇且不合理，但是每天一早，她又像盛开的鲜花般魅力四射，白天见面她还会羞羞答答。订婚的念头使他欣喜若狂，当他得知她没有婚约的时候这种喜悦变得无以复加。正是在这三天里，他第一次向她求婚。她回答说“也许改天”，她说“吻我”，她说“我想嫁给你”，她说“我爱你”，最后她又什么也没说。

一个纽约人的到来中断了这三天的快乐时光。这个纽约人在她家住了半个月，外面对于朱迪和这个人的流言传到了德克斯特耳中，让他饱受痛苦。这个纽约人也是有些背景的，父亲是一家信托公司董事长。过了一个月，她对纽约人也腻了，没了一开始的新鲜感。某晚的舞会上她整晚都和一个当地的纨绔子弟待在一艘汽艇上，而纽约人在俱乐部疯狂地找她。她告诉那个公子哥她被这个纽约来的客人烦透了，结果两天之后纽约人就离开了。有人看见她在车站送纽约人离开，而那个纽约人看上去一副沮丧、闷闷不乐的样子。

夏天不经意间就结束了，德克斯特这时二十四岁，他的事业也越来越好了。他经常参加舞会，加入了两家俱乐部，也住在了其中一家。他不是那种随便就能找个舞伴的单身舞客，但是只要朱迪有可能出现的舞会，他就一定会加入。他能够随心所欲地参加社交活动，现在他是一个具备资格的年轻人，并且很受城里父辈们的欢迎。他对朱迪·琼斯全心全意的追求很大程度上强化了他的位置。

但是他并没有社交的热情，他看不惯那些滥情的人，只要有舞会，不管是周六还是周几，那些人都参加，还专门喜欢往已婚人士身边靠。

他对将来有了打算，他萌生了去东部的想法。他想着以后带着朱迪一起去纽约，他很清楚朱迪的成长环境是什么样子的，但是他一直没有真正看清她的本来面目。

请务必记住这一点，这个思路是让你明白他为她所作的一切的指引。

他在遇见朱迪·琼斯十八个月后，他与另外一个女孩订婚了。她叫作艾琳·舍瑞尔，她的父亲是那些一直信任着德克斯特的人里的其中一个。艾琳有着浅色的头发，甜美并值得尊敬，还有一点倔强。当德克斯特正式向她求婚时，她直接地拒绝了其他两个追求者。

经过了一个四季更迭，又是一个秋天——他在朱迪·琼斯动人的红唇上浪费了大量时间。她用情善变，对他时好时坏，只要是用来对付男朋友的招数，他都领教过。看着像是她真的喜欢过他似的，故意要相爱相杀、若即若离。她心情好的时候才想起他，心情不好的时候对他不理不睬，心情好一点了又找他来。这种反反复复的落差感，使他时常处于崩溃的状态中，而他选择忍受着，睁一只眼闭一只眼就过去了。她带给他无法言说的不便，惹了不小的麻烦。她激怒他、支配他，把他对她的兴趣玩弄在鼓掌间，夺走了他对事业的兴趣——仅仅出于好玩。她对他做尽了一切，唯独没有批评他。在他看来，她没有那么做的原因不过是这可能会破坏她表现出的彻底的漠视和她对自己的真实感觉。

秋天结束了，他终于认清了他不能彻底拥有朱迪·琼斯——这个流连在男人群中的女人，没有谁能控制住她。他感到很痛苦，一时无法接受这个事实。他想了很多办法让自己减轻痛苦，下定决心忘记她。每当夜晚躺在床上的时候，他就会把她和一个妻子应有的品质做比较，以此来说服她不值得自己继续留恋。他想了很久很久，直到他睡着了，却还是认为他依旧喜欢着她。

这一周结束的时候，他去了舞会并且遇到了她。几乎是他们相遇以来的第一次，他没有请她坐在他身边，或者称赞她的可爱。她并不怀念这些事——这让他受伤。仅仅如此。他看到今晚这儿有一个新面孔的时候并不嫉妒。早在之前他就已经习惯了，现在已经见怪不怪了。那天，他在舞会上待了很久，到了深夜才回去，但他不是一个人。他认识了艾琳，他和艾琳一起谈论书籍和音乐，不管哪一样他都知之甚少。但是现在他开始自由地掌控自己的时间，他还有了非常拘泥于传统的想法——作为一个已经非常成功的年轻人，德克斯特·格林应该对那些事情懂得更多。

十月份，他满二十五岁了。第二年一月份，他订婚了，准新娘是艾琳。这个订婚的消息他们没有马上公开，而是在六月份才宣布，三个月后如期举行了婚礼。

冬天对于明苏里达来说是漫长的，到了五月才渐渐有暖意，积雪也才融化进黑熊湖。

一年以来，德克斯特首次享受了精神上某种程度的安宁。朱迪·琼斯去了佛罗里达，接着去了温泉城，然后是她订婚的地方，再然后是她撤销婚约的地方。起初当德克斯特彻底放弃她的时候，人们还把他俩联系在一起，还向他打听她的消息，这让他感到难过。后来德克斯特每逢宴会都会坐在艾琳身旁，人们意识到后也就没再向他打听了，反而是他从别人口中听到关于她的消息，他也终于不再是发布她消息的代言人了。

终于到了五月。一个黑暗如雨水倾盆而下的夜晚，德克斯特走在街上，思考着那轻而易举地迅速远离他而去的强烈的狂喜。或许过去的一年，已经被朱迪引起的痛彻心扉、不可原谅并最终原谅的混乱打上了深深的印记。他幻想她关心自己的时候竟然也变得非常少见。那段回忆的美好也就只剩下嘴唇碰撞的美妙。现在，艾琳对于他，不过是他身后的一抹帘幕，是在整洁茶具间收拾的一双手，是一种呼唤孩子的声音……没有了那种激情和令人心神荡漾的身姿，从那之后他也就没有兴致再欣赏迷人的月色以及岁月与季节变换的奇迹了。那曾覆在他嘴唇上纤薄的、嘴角下弯的嘴唇，还有凝视着他将他淹没在天堂的双眼……这些都存在于他心底深处。他太过坚强与充满活力，以至于那些回忆无法轻易死去。

五月中旬，和暖的天气徘徊了几日便直接转入了盛夏。一天晚上，德克斯特从桥上转到艾琳的家门前。一周后他们将公开宣布订婚的消息，以他们两人亲密恩爱的程度，没有人会太过惊讶。他们约定今晚去大学俱乐部看舞会，两人常常一待就是一个多小时。艾琳留给别人的印象很好，很受欢迎，他觉得和她在一起他很安心。

他登上褐石房子的台阶，进到屋里。

“艾琳。”他叫道。

艾琳的母亲走出来接待他。

“听我说，德克斯特，”她说，“艾琳有点不舒服，头疼，在楼上休息。她想和你一起出门的，我叫她躺下休息了。”

“她还好吗？”

“噢，别担心。她明天上午跟你去打高尔夫。你能让她休息一晚，不是吗，德克斯特？”

她笑得很和蔼，她和德克斯特都喜欢对方。道晚安之前他们在客厅里聊了一会儿。

德克斯特回到他住的大学俱乐部，在门廊站了一会儿，并看着跳舞的人们。他倚着门柱，朝那边的两个认识的人点头打招呼。

“好久不见，亲爱的。”

一个熟悉的声音在身边响起，是朱迪·琼斯。她抛下了陪着她的那个男人向德克斯特走过来。朱迪·琼斯今天好像一个金色的洋娃娃，她穿着金色的裙子，头戴金色发带，鞋子也是金色的。她对着他微微一笑，犹如一朵鲜花从他心间盛开，差点让他精神失守。霎时，一袭暖风吹过房间，一阵微光点亮了屋子。他外套口袋里的手不时地握紧。突然间他激动不已。

“你什么时候回来的？”他不经意地问。

“跟我来，我会告诉你。”

她转身，他跟随在后。她离开了——但她的回来差点令他喜极而泣。她穿过令人着魔的街道，她的身上像是有一种魔力，在演奏着魔曲，摇曳着他的心神。随着他们的重逢，世界又变得生机无限，艳阳高照，好像那些消失的东西都随着她的回归而回归。

她走到门廊，停下说：

“你的车在这里吗？没在的话，我的车在。”

“我有一辆小轿车在这里。”

随后，伴着一阵金色衣料的窸窣声，他关上车门。她踏进车门，像曾经她踏进的数不清的这辆车或者那辆车时一样——背靠着真皮座位，胳膊肘搭在车门上——等待着。她要是在其他地方不小心遇到污浊的东西，可能已经被弄脏了，不过她就是这样一个人，所以她的作风也就是这样的。

他强行让自己镇定下来，开车行驶到大道上。他在心里安慰自己，这不算什么，我已经不喜欢他了，已经放下了那段感情，现在就把她当作一笔糟糕的账应对一下就行了。

他有些分心，慢慢地朝城里开去，穿过商业区冷清的街道。电影院门口徘徊着散场的人群，台球厅门口游荡着得了肺痨的人和年轻的拳击手。酒吧里传来酒杯碰撞的声音和手拍打吧台的声响，回廊的玻璃窗散发着昏黄的灯光。

她目不转睛地仔细看着他，两人没有说话，车里的氛围一度很尴尬，但是在这时候也不知道该说什么来化解这种情绪。他在转弯的时候向着大学俱乐部的方向驶回去。

“我离开后，你有想我吗？”她问。

“大家都很想你。”

他不知道她是否知道艾琳。她才回来一天——她的离开和他的订婚几乎在同一段时间。

“多好的话呀。”朱迪难过地笑了——却不带任何伤心。她从头到脚地审视着他，他专注地看着仪表板。

“你比以前更帅气了，”她若有所思地说，“德克斯特，你有一双令人难以忘怀的眼睛。”

她的话让他感觉想笑，但他没有笑出来。这种是对大二的学生说出的话而已，但他听着十分受用，他的心又在颤动了。

“我已经厌倦了以前的生活，亲爱的。”她口中的“亲爱的”对所有人都是这么叫的。这种表达就像电影中一样，还夹杂着认定你了的味道，“我们要能结婚该多好。”

这种直接让他困惑。现在他本该告诉她他要和另外一个女孩结婚了，但他却说不出口，他能够轻易地发誓说他从来没有爱过她。

“我想我们会相处得很不错，”她继续说，用同样的音调，“除非你已经把我忘了，爱上了其他女孩。”

她这个时候表现得很自信。她还大言不惭地说这种事是不可能出现的，如果真有的话，那也是他仓促的选择，是在和她斗气而做出的错误的事情。她说她可以原谅，因为这不是多大的事，人都会犯错，反正以后这些错都会被忘掉。

“当然，除了我之外你不可能爱上其他人，”她继续说，“我喜欢你爱我的样子。哦，德克斯特，难道你忘了去年了吗？”

“不，我没忘记。”

“我也没有！”

她是真的动情于他，还是她在卖力表演，并且已经越来越投入了呢？

“我多希望我们能回到那个时候啊。”她说。

“我们回不去那个时候。”

“对呀，我也认为回不去……听别人说你现在对艾琳展开了疯狂的追求？”

她对这件事和这个名字说得轻松随意，但是德克斯特却忽然感到一阵羞愧。

“噢，带我回家。”朱迪忽然哭起来，“我不要回那个愚蠢的舞会去，跟那些小孩待在一起。”

随后，他把车开上通往住宅区的路上，朱迪独自无声地哭着。之前他从没见过她哭。

黑暗的街道被照亮，四周富人们的房子若隐若现。他把车停在蒙蒂莫·琼斯家门前，高大的建筑映入眼前，被迷离的月光笼罩着，散发着一种大气的华贵之态。让他惊讶的是它的坚固程度。那又高又厚的城墙，坚实的建筑，无一不展现它雄壮的姿态。而与之对比下，月光中的美人显得柔弱，令人怜惜。这好似在向人们证明，蝴蝶的翅膀无论多么努力张开，都只能扇出一股小风。

他无言地坐着，内心却喧嚣不安。他不敢有所动作，害怕回过神来她已经情不自禁地倒在自己怀里。两颗眼泪从她湿漉漉的脸颊滑下，挂在她唇尖不住地颤抖着。

“我比其他人都美，”她泣不成声，“但为什么我得不到幸福？”她泪汪汪的双眼不断地动摇着他。

她的嘴角渐渐垂下去，带着一种幽怨的美，“如果你还愿意爱我，还愿意和我在一起，我就嫁给你。德克斯特，可能你现在看见我有许多不好的地方，但我可以为了你去改变，直到变得让你满意。”

无数愤怒的、骄傲的、热情的、怨恨的、温柔的话语一齐涌来，在德克斯特的嘴边纠缠成团。接着一阵完美的感情朝他汹涌地袭来，带走了沉积多时的理性、原则、怀疑和尊严。他顿时感到和她比起来，世间一切都那么微不足道，他只清楚地想确定一件事，他喜欢她，她只属于他。

“进来坐一坐吗？”她呼吸间的患得患失，他听得很真实。

略微沉吟，“嗯！”他的声音带着颤抖，“你先进去，我跟上。”

第五章　放手

琼斯从艾琳身边抢走了德克斯特，但她却又抛弃了德克斯特，这个男人不免显得有些可怜。可怜之人必有可恨之处，艾琳成了他冬天的梦的陪葬品，他自己更是失去了某些更珍贵的东西，于是他想逃离……

很奇怪的是，德克斯特没有为那一晚的事情后悔，甚至今后过去了很长一段时间他都没有丝毫后悔。距离事情的发生已经有十年了，现在看回去，朱迪重燃对他的爱意，也不过只维系了短短一个月的时间，这样的事实好像也不是很重要。最终他的妥协使自己陷入了更深的痛苦之中，还深深地伤害了艾琳和一直以来照顾他的艾琳的父母，但这些也不重要，并没有什么事件足以使德克斯特记住艾琳的悲伤。

德克斯特的性格是顽固不化的。在他的世界里，别人对他的何种看法，他都无所谓。这不是让他离开这座城市的原因。他认为别人的看法都是片面的，所以他一直对人们保持着漠视态度。

在他发现自己所做的努力无用，或者他无法取得实质性进展，再或者他无法拥有朱迪·琼斯时，也同样漠视人们的看法。他是否对朱迪·琼斯怀有恶意？他爱她，他会用尽自己的余生来爱她，但他无法拥有她。因此他得以咽下只为坚强的人准备的深切的痛苦，正如他也曾体会过短暂但记忆深刻的快乐。

朱迪最后还是和他分开了，她离开的理由很简单，简单得有些可笑——她不想做一个横刀夺爱的人，不想从艾琳身边抢走他。可当初也是这个女人一门心思地要把他抢过来。意外的是，面对这个分手的借口德克斯特没有表现得愤怒或伤心，或许现在已经没有什么能让他快乐或悲伤了吧。

二月里他去了东部，想要卖掉自己的洗衣店然后搬到纽约去，但是三月美国卷入战争，他的计划被迫改变了。他回到西部，把生意交给合伙人，四月底参加了第一批军官训练营。他像成千上万的年轻人一样，带着某种程度的信念迎接战争，试图把自己从纠缠不清的感情的网中解放出来。

第六章　永远的玫瑰

他的梦从来都只在一个人身上，从还是球童的时候开始，从见到她第一眼开始，冬天的梦就固定了。所以他甘愿去守护，甘愿被伤害，也甘愿一错再错。他冬天的梦的是非曲直暂且不论，至少，这份爱不随时间消逝，对爱情的矢志不渝总是让人起敬的。

前面说过，这不是在写他的个人传记，只是随着笔墨挥洒时，会写到一点与他年轻时的梦没有关系的事。有关冬天的梦的故事快要写完了，他的故事也快结尾了。不过，最后还有一件事需要记载下来，事情发生在七年后。

那是在纽约的时候，他已经在纽约有了不凡的成就了，事业可以说是一帆风顺。他三十二岁，除了战争刚结束时一次乘飞机的旅行，他有七年没有回过西部了。一个来自底特律，叫作戴维林的人出差时到他的办公室来见他，处理生意方面的事。就是这时出现了一个让人意外的小插曲，这个小插曲也就是我最后要写的他生活中要结束的特别部分。

“噢，真巧，你竟然是来自中西部的。”戴维林随便说了一个话题和他聊天，“我还以为像您这么成功的人只会是从小就在华尔街出生长大的呢。巧的是，我一个在底特律最好的朋友，他的妻子就和你一样来自中西部。我还是他们婚礼的招待。”

德克斯特不知道他想说什么，没有接话。

“她叫朱迪·西姆斯，”戴维林轻松地说，“在她没嫁人之前其实叫朱迪·琼斯。”

“是的，我认识她。”他心绪有些不受控制。当然，他早就听说她结婚了。或许他自己有意地没让自己听更多的消息，所以也就不知道后面的事了。

“非常好的女人，”戴维林思忖了一会儿，无意地说，“我有点儿为她感到遗憾。”

“为什么？”德克斯特心里的某样东西警觉起来，瞬间变得乐于接受她的信息了。

“呃，路德·西姆斯失去了自控能力，我并不是说他虐待她，但是他酗酒，还到处鬼混。”

“她不也整天在外和别人胡来吗？”

“怎么可能，她每天在家里陪着孩子。”

“噢！”

“她都老了。”

“她老了？”德克斯特声音不自觉地提高了，“哎，老兄，你这话说的，她才二十七。”

他的思绪一下子涌了出来，他恨不得马上走出办公室，买上一张火车票去底特律。于是他不由自主地站起来了。

“我想你很忙，”戴维林很快道歉，“我没注意到……”

“不，我不忙，”德克斯特稳了稳自己的声音说，“我一点儿也不忙，一点儿也不。你刚才说她二十七岁？不，是我说的，她二十七岁。”

“没错，你说的。”戴维林干巴巴地说。

“你说，接着说。”

"呃……我说什么？"

"就是你刚刚说的，和朱迪·琼斯有关的事情。"

戴维林看着他，一脸无奈。

"呃……我告诉你的都是跟她有关的。他对她很不好，噢，他们不会离婚或者分开。特别让人难以忍受的时候她也原谅他。实际上，我倾向于相信她爱他。她才来底特律的时候是个漂亮姑娘。"

一个漂亮姑娘！这样的形容让德克斯特接受不了。

"难道她现在就不是'漂亮姑娘'了？"

"噢，现在她还算可以。"

"我想确认一下，"德克斯特忽然坐下说，"请你说得明白一点，什么叫她本来是'漂亮姑娘'，现在就成了还算可以。我不太明白你在说什么，要知道，她可不是什么漂亮，她是能用天上的仙女来形容都不为过的。因为我见过她，见过她，她……"

戴维林听他说完乐得不行。

"我不想引起争吵，"戴维林说，"我觉得朱迪是个好女孩，我对她印象挺好。我不懂为什么像路德·西姆斯那样的人能跟她疯狂地相爱，但是他确实做到了。"然后他又补充道，"女人大多就这个样吧！"

德克斯特认认真真地看着戴维林，心里暗自想：他为什么这样说她？他是不是审美迟钝，或者和她有什么过节？

"女人们都这样突然容颜褪去，"戴维林打了个响指，继续说，"你也见过不少这样的吧？我现在完全忘了她结婚时的样子，见得多的时候都是结婚之后的时候了。我记得她的一双眼睛，现在还是非常漂亮。”

德克斯特感到头晕目眩，他生命中第一次感到自己醉得很厉害了，他知道自己因为戴维林说的有些话在大声地笑着，但他却说不出好笑的地方。几分钟后戴维林离开了，他陷在沙发里，看向窗外，粉红与赤金交织的单调而可爱的暮色里，太阳正消失在天际中。

他本来觉得没有什么可失去的了，到了现在他却受到了另一种更大的打击——他现在才反应过来他在刚才又失去了一种东西。这种感觉让他心痛得无法呼吸，这种感觉不亚于他和朱迪成婚，他眼睁睁地看着岁月在她身上留下痕迹，她容颜不再，变得人老珠黄，无人多看一眼。

梦散去了，有什么从他身上被带走了。一阵惊慌中，他将双眼埋进手掌，试着拾起些许片段。谢利岛上拍打岸边的湖水，被月光照亮的走廊，高尔夫球场上的条纹装，炽热的阳光还有她脖颈上柔软的汗毛上泛着的金色。她回应他亲吻时的嘴唇，她藏着忧郁的哀伤的双眼，还有她每天清晨像新鲜盛开的花儿一样娇羞。为什么这些都要消失，为什么世界不能对它们进行保存。曾经这些东西真实地存在着，现在一切都烟消云散。

时隔多年之后，他的脸上又一次流下眼泪，这是为自己而流的泪。他不再是那个优雅的企业家的样子，他的手在颤抖，但是他已经没有心思管这些了。他的心也不再充满热情地跳动，整个世界都安静了。此时大门紧闭着，太阳早早落山，云霞四